JN068258

# 幼なじみが絶対に負けないラブコメ

OSANANAJIMI GA ZETTAI NI
MAKENAI
LOVE COMEDY

5

〔著〕
二丸修一
SHUICHI NIMARU
〔絵〕
しぐれうい

# プロローグ

＊

『末晴《すえはる》、お前にファンクラブができたって、知ってたか？』

……みんな、少し想像して欲しい。

自分にファンクラブができたら、どんな気持ちになる？

元々モテていた人なら『別に？　何も変わらないけど？』となるかもしれない。

例えば阿部《あべ》先輩なら『光栄だね、嬉《うれ》しいよ』なんて言いつつ嫌みのないスマイルを浮かべ、それだけでさらにファンを増やすだろう。その姿が目に浮かぶようだ。ちきしょーめっ！

だがそんな高みにいる人物を俺の場合に当てはめてはいけない。なので一度、俺の状況を整理してみたいと思う。

俺は元子役。しかも一応ヒット作が何本もあることから、それなりに注目を集めていた経験はある。

ただし、これは小学生のときのことだ。当時の俺は恋愛感情なんてまるでわからず、好意を

幼なじみが絶対に負けないラブコメ
5
VOLUME:FIVE
[著]二丸修一
[絵]しぐれうい
OSANANAJIMI GA ZETTAI NI
MAKENAI
LOVE COMEDY
SHUICHI NIMARU

# CONTENTS

〔プロローグ〕……………010

〔第一章〕ファンクラブと共同戦線……044

〔第二章〕カオス・デ・デート……090

〔第三章〕仁義なき戦いとくだらない恋……158

〔第四章〕朱音の策……214

〔エピローグ〕……………268

丸末晴ファンク
NAME 〔かち・しろ
可知白草
芥見賞受賞の
女子高生作家。
末晴の初恋の
女の子だった。

[PROFILE]
NAME［しだ・あかね］
志田朱音
頭脳明晰で物事に
夢中になりやすい、
志田家の四女。
蒼依の双子の妹。
NAME［しだ・みどり］
志田碧
背が高く
運動神経抜群で、
気性が荒い
志田家の次女。
NAME［しだ・あおい］
志田蒼依
清楚で女の子らしい
朱音の双子の姉。
志田家の三女。

向けられていたとしてもまったく気がついていない。

あれだ、小学生のとき、近所の美人のお姉さんに猫可愛《ねこかわい》がりされても、『うっとうしいな』としか思えないのと同じだ。子供のころのことは価値観が違いすぎて参考にならない。

ということで残念な事実をお知らせしよう。

俺は〝異性にモテた経験がない〟のだ。


『――大好き。恋愛の相手として、あたしはハルが好き』


黒羽《くろは》が告白してくれただろ！　という反論が出てくるのは当然だろう。

でも『モテる』とは、『人気があってチヤホヤされる』ことと辞書にある。

さてそこで黒羽《くろは》、白草《しろくさ》、真理愛《まりあ》などのことを思い浮かべて欲しい。


……チヤ、ホヤ……？


そう、チヤホヤはされていないのだ。

彼女たちは魅力的だ。しかしそれだけではない。魅力は魅力でも、俺を振り回す『暴力的魅力』の持ち主と言える。

チヤホヤされているのではなく、振り回されている。

これが正しい認識だろう。

もちろん俺は黒羽《くろは》たちをとても尊敬し、好意を持っている。彼女たちに不満があるわけじゃな……あ、いや、すいません。やっぱ正直なところちょっと怖いときもあります、はい。

まあそんな背景を踏まえての『ファンクラブ』である。

はっきりと人生で初めて『モテている』わけである。

つまり——

——我が世の春が来た！

と言っていいだろう。

ふふっ……ふふふふ……。

おっといけない。笑っちゃダメだ。こういうときこそスマートに対応することが大切だ。

「どうした、末晴《すえはる》？」

「いや、何でもない」

俺は笑いをかみ殺しつつ、教室を素早く見回した。

現在は昼休み。向かいには哲彦《てつひこ》。いつものようにパンをかじっている。

少し離れた廊下側に黒羽《くろは》とその友達の一団。前方の窓際《まどぎわ》に白草《しろくさ》と峰芽衣子《みねめいこ》のコンビが昼食を取っている。廊下からは真理愛《まりあ》とそのファンらしき生徒の声が聞こえていた。

俺は声のトーンを落とした。

「哲彦《てつひこ》、ファンクラブについて詳しく聞こうじゃないか」

「ま、オレたち、あれだけ目立ってたから、滅茶苦茶《めちゃくちゃ》注目浴びてるんだよ。注目浴びるってことは、まあモテるってわけよ」

「注目浴びるだけでモテるか？」

「確率論だな。例えば百人に一人『好み』と思ってくれるやつがいるとするだろ？　そうなるとクラス内にそんなやつがいる可能性はちょっと低いよな。でも一万人に自分のことを知られれば、百人程度好意を持ってくれるやつが出てくるって話さ」

「そんな単純計算じゃねぇとは思うが……」

ただまあ、注目を浴びるほど好意を持ってくれる子が増えるって理屈はわかる。

「オレなんて誘いが多すぎてさ。この前面倒くさくなって、五人同時のデートでいいかって聞いたらオッケーでびっくりしたぜ。だから次、十人同時を目指してるんだよ」

「びっくりするほど最低な発言ありがとう。死ね」

哲彦《てつひこ》はあまり声量を落としていない。そのせいで話が周囲に聞こえていたのだろう。

女子生徒は額に血管を浮き立たせてにらみつけてくるし、男子生徒は何やら武器の調達を始めようとしている。

哲彦《てつひこ》はそれらをまとめてスルーし、続けた。

「お前もな、告白祭動画時点ではまあ『ギャグ枠』、よくて『懐《なつ》かし枠《わく》』だったわけよ。あ、ちなみに告白祭動画、群青《ぐんじょう》同盟の動画でも未《いま》だにトップ再生数で、五百万再生超えたから。しかもお前、コメント見るとびっくりするほど大人気だぜ？」

「……へー」

怖くて動画をまったく見ていない。なので当然、コメントを知る由《よし》もなかった。

「ちなみに人気って、どんな感じのコメントなんだよ？　言っておくが、好意的なコメントだけ教えろよ？　否定的なコメント言ったら殺すからな？」

哲彦《てつひこ》は携帯に視線を落とし、読み上げた。

「一番人気のコメントが『恥の多い生涯を送って来ましたが、丸《まる》くんを見て生きる気力が湧いてきました。ありがとうございます』――だ」

「太宰《だざい》かよっ！　俺、どれだけ恥だらけの人生なんだよっ！」

やめて！　死にたくなるんですけど！

「あと『百万回振られた男』が今はちゃんと『五百万回振られた男』に更新されてるぞ」

「ホントどうでもいい情報伝えてくるのやめてくれる？　もう泣きそうなんだけど？」

「あ、百万回ごとに『振られた男』のコメント更新してるの、実はオレな」

「何さらっと重要な情報ゲロしてるんだよぉぉ！　このカス野郎がぁぁぁぁ！　ぶち殺すぞぉぉぉぉ！」

「ケケケーーーーっ！　やれるもんならやってみやがれぇぇぇぇ！」

俺たちが襟を摑《つか》んで喧嘩《けんか》している脇で、クラスメイトたちが『またバカスコンビがアホなことやってる……』と囁《ささや》き合《あ》っている。武器を調達しようとしていた男子生徒たちはいつしか片付けを始めていた。

「という感じなんだが、CM勝負とアシッドスネークのMV《ミュージックビデオ》辺りから、お前の印象はだいぶ変わってきてたんだよ」

「なんかまたよからぬ方向性になってそうで聞きたくないんだが」

俺は紙パックの牛乳をストローで吸った。

「これが普通にモテ路線の評価になってるんだよなぁ……。やっぱシリアスもやれる、ってのはポイント高いらしい」

「おおっ！」

「ただ告白祭動画のインパクトが凄《すご》すぎて、役者として評価が高くても、モテ路線としてはまだまだって感じだった」

「ク～ン……」

俺はお預けされた犬のような声を上げて現実逃避をした。

「その後、お前は可知《かち》をかばって怪我《けが》をしただろ？　これ、女子的には結構ポイント高かったみたいだぞ」

「マジか⁉」

「でもすぐ後に可知《かち》や真理愛《まりあ》ちゃんにデレッデレなところをさらけ出し、評価は急落」

「ク〜ン……」

「それが今回、ドキュメンタリーと真エンディングの感動路線で再び人気が急上昇ってわけだ」

「我ながら評価がブレすぎて辛《つら》い」

「末晴株《すえはるかぶ》はオレなら恐ろしくて買えねぇな。今高くても下がるのわかってんじゃん」

「あのさ、人気が下がること前提でしゃべらないでくれる？　案外俺がモテたままになるかもしれないだろ？」

「ふっ」

「てめっ、鼻で笑うんじゃねぇよぉぉぉぉ！」

まったく失礼にもほどがあるだろ！

「ま、ファンクラブについてはタイミングもあるな。阿部《あべ》パイセンが大学決まったこともあって、浮動票が多数出ていたところにうまくハマったって感じだな」

「えっ、阿部《あべ》先輩大学決まったのか？　この時期だと推薦か？」

「慶旺《けいおう》大学にＡＯ入試だとよ」

「はー、ほー」

俺は口を尖《とが》らせた。

「さっすがイケメンで成績まで優秀な先輩は違うねぇ～！」

「お前の庶民的ひがみ根性、オレは嫌いじゃねぇぞ」

おっと、話が逸《そ》れてしまった。大事なのは『ファンクラブ』についてだ。

「あのな、哲彦《てつひこ》。ファンクラブなんだが、どんな子がメンバーなんだ？」

「ん？　ああ、それ聞いてねぇな」

「リーダーくらいわからねぇのか？」

哲彦《てつひこ》は携帯画面をスクロールしている。履歴を確認しているようだ。

「ん？　誰とのやり取りをチェックしてるんだ？」

「情報提供してくれた女の子」

「お前、校内の女子から総スカン食らってなかったか？」

「表面上はな。でもだからこそチャンスって考える子もいるんだよなぁ」

「なにそれ、闇が深いんだけど」

「あとオレ、恋愛絡《から》めずに情報だけやり取りする子もいるし」

「例えばレナか」

「まあそうだな。あいつもその枠だな」

哲彦《てつひこ》は携帯から視線を外し、肩をすくめた。

「やっぱメンバーについては書いてねぇな。今までも隠れ末晴《すえはる》ファンってのはいたみたいなんだが、お前がアホすぎて迂闊《うかつ》に言えなかったみたいでな」

「ク～ン……」

俺はお腹《なか》を壊した犬のように机の上に倒れ込んだ。俺がアホすぎて今までファンと言えなかったとか、ショックすぎて白目になるのもやむなしの話である。

「加えていろんな思惑のやつがいてまとまらなかったようなんだよな。でもどうやらまとめられるやつが出てきたらしくて、それでようやくファンクラブが結成されたってことみたいだ」

「？　まとめられるやつ？　誰だそれ？」

「——こんにちは。ちょっといいか？」

突然、背後から凛《りん》とした声が聞こえた。

向かいの哲彦《てつひこ》がなぜか『げっ』とつぶやく。

俺は聞き慣れぬ声の主を確かめるべく、振り返った。

「あれ……？　えっと、確か副会長の……」

「恵須川橙花《えすかわとうか》だ」

そうそう、どこかで見たことあると思った。うちの学校の生徒会副会長だ。文化祭後に選挙があり、当選したのを覚えている。選挙のときは、『剣道部で培《つちか》った精神力と秩序を――』みたいなことを言ってたっけ。

ただまあうちの生徒会選挙はほとんど信任投票だ。今年も会長一人、副会長一人の立候補しかなく、誰も落選することはなかった。なので選挙演説もあまり真剣に聞いておらず、可愛《かわい》い女の子がしゃべっていたので、とりあえず信任に一票を投じたのだった。

「………」

うーん、俺は恵須川《えすかわ》さんと同じクラスになったことがなく、接点もなかったから話したことがない。背筋がピンと伸びており、冗談が通じなさそうな雰囲気だから話しかけづらいんだよな。生徒会って校内で権力を持っているイメージがあり、ちょっと苦手意識もある。

恵須川《えすかわ》さんは女子にしてはやや高身長。胸は少々控えめで、手足はチーターのように細く引き締まっている。長い髪をローポニーにしているのが特徴で、キリッとしており、全体的に『和』の雰囲気が漂っている。そのせいか質実剛健なイメージが強く、女子らしい華やかさとは無縁。おしゃれを一切していないせいか、パッと見では地味に見える。

そういえば選挙のとき彼女を指して『実は俺だけが美人であることを知っている』と錯覚している男子が多数いる――って哲彦《てつひこ》が言ってたっけ。

うちの生徒会はおおらかで何事も適当なギャルの会長と、生真面目で厳しい副会長によって統率されていると評判だ。その生真面目で厳しい副会長が、恵須川澄花《えすかわとうか》さんというわけだった。

そういった風評や容姿を総合すると、『風紀委員長』って表現がぴったりくる。うちの学校に『風紀委員』なんてないけれど。

「はぁ～」

哲彦《てつひこ》がため息をついていた。そういえばこいつ、さっき恵須川《えすかわ》さんが来たとき『げっ』とか言ってたな。

「おい、哲彦《てつひこ》。お前、恵須川《えすかわ》さんと知り合いか？　元カノとかだったらすげー気まずいんだが」

「ちげーよ。口説いたことすらねぇって。こいつ、頭がカチンコチンだから話になんねぇんだよ」

「何だよ、喧嘩《けんか》でもしたのか？」

俺の問いに、恵須川《えすかわ》さんが答えた。

「私が甲斐《かい》を調査して三股の証拠を掴《つか》み、バラしたからだ。何度も警告したにもかかわらず無視したから実力行使をした」

哲彦《てつひこ》は夏休み前に三股がバレて以降、女子に総スカンを食らっている。その原因が恵須川《えすかわ》さんだったのか。そりゃさすがの哲彦《てつひこ》も嫌がるか。

恵須川《えすかわ》さんは大きなため息をついた。

「しかもその後も、密《ひそ》かに通じている女の子にスパイさせて私の弱みを握ろうとしてきたり、私を悪事に引きずり込もうとしたり……ため息をつきたいのはこっちのほうだ」

「なんでお前いつも行動がナチュラルに犯罪チックなの？　最低すぎてびっくりするわ！」

恵須川《えすかわ》さんと哲彦《てつひこ》の関係って、警察と犯罪者の関係に近いのな。

「恵須川《えすかわ》、目障《めざわ》りだから向こう行けよ。お前もオレの顔なんて見たくねぇだろ？」

「そうだな。でも早めに挨拶だけはしておきたかったから……丸《まる》に」

「挨拶⁉　俺に⁉」

もちろん俺に用がある可能性も考えていたが、挨拶とは意味不明だ。

恵須川《えすかわ》さんはちょっときつめな表情を変えず、テキパキと告げた。

「今回、私が『丸末晴《まるすえはる》ファンクラブ』のリーダーになったから挨拶を……と思って。と言っても私は全体のまとめ役だ。実際の活動は彼女たちが行う」

恵須川《えすかわ》さんが廊下に向けて手招きする。

するとどこに隠れていたのだろうか——十数人の女の子が教室になだれ込んできて、俺を取り囲んだ。

「丸《まる》先輩！　わたしずっと応援していました！　カッコイイです！」

「真エンディングが出るっていうんで〝チャイルド・キング〟を最近初めて観《み》たんですけど、感動しちゃいました！」

「わたし、前から甲斐《かい》くんとのケンカップルぶりを観察していたの！」

「末晴《すえはる》くんのヘタレっぷり、いつも心をくすぐられていたわ」

「M《ミュージック》V《ビデオ》のヤバさに、あたしも滅茶苦茶《めちゃくちゃ》にされたいって思っちゃって……」

「丸末晴総受《まるすえはるそうう》け本《ぼん》、冬コミで出す予定です！」

何だか俺の想像と違う子もいるが……いや、ここは細かいことを言うまい！


――俺　モ　テ　て　る　！


そう自覚しただけであらゆる事象が頭から吹っ飛んだ。

「あはは～、いやいや～、そんなに押さないでくれよ～。俺は逃げないからさ～」

「うっわ。末晴《すえはる》、お前の顔、ひでぇことになってるぞ？」

「ふっふっふ、哲彦《てつひこ》。お前が嫉妬する気持ちはわかる。しかし俺は心が広い男。寛大にも許してやろうじゃないか、はっはっは！」

いつしか教室には殺気が満《み》ち溢《あふ》れていた。

男子たちは再び武器の準備を始め、女子たちは俺に軽蔑の眼差《まなざ》しを送っている。

だが俺は調子に乗っており、にやけは止まらない。

よし、デートの約束の一つでもしようかと考えていたところで――

「――愚か者ッ！」

ぴしゃり、と恵須川《えすかわ》さんにたしなめられた。

「いいか、丸《まる》。私がファンクラブのリーダーになったのは、放っておいたら校内の秩序が乱れると思ったからだ。甲斐《かい》と違って君には犯罪的なところがない。だから警告してこなかったのだが……正直なところ、エンタメ部は目立ちすぎていて、かなり危険視している。この上ファンクラブでも問題行動をするようなら、生徒会としてエンタメ部の部活動認定を取り消すことも検討しなければならない。わかったか？」

優美さを感じさせる、歯切れのいい口調。とても落ち着いて話すので、説教なのにまったく反発心は起こらず、ただただ頭を下げるしかなかった。

「は、はい……すいませんでした……」

「みんなも浮かれ過ぎだ。憧れの相手と話せて舞い上がるのはわかるが、節度を守れ」

「はぁ～い」

……なるほど。恵須川《えすかわ》さんがリーダーとなったおかげでファンクラブがまとまったのも納得だ。

彼女には指導力がある。カリスマ性もあるように感じる。ただちゃんとしすぎているせいか、あまり女子と話している気がしない。というか、色恋沙汰の話をすれば『不純だ！』と怒られそうな雰囲気だ。ファンクラブのリーダーをやってくれるくらいだから怒られないだろうが、どうにも色恋沙汰と正反対の……『秩序』と言うべき空気が恵須川《えすかわ》さんにはある。この辺りが

『隠れファン』が多い理由だろう。

「えっちゃん、ありがと。まとめてくれて」

いつの間にか黒羽《くろは》が近づいてきていて、恵須川《えすかわ》さんに話しかけた。

恵須川《えすかわ》さんは肩の力を抜き、ため息をついた。

「はぁ、今までの志田《しだ》なら私が言う前に注意してくれていたのに。群青同盟《ぐんじょう》に入ってから、だいぶ染まってるんじゃないか？」

「あはは、面目ない……」

黒羽《くろは》と恵須川《えすかわ》さんは顔見知りのようだ。まあ黒羽《くろは》は一年のとき学級委員をやっていたから、生徒会に関わるような人と友達でもおかしくはない。

「どうして群青《ぐんじょう》同盟ってくくりになると、問題行動が増えるのか……。可知《かち》も言動に冷たいところがあるものの、騒ぎを起こすようなやつではなかったのだが」

「うっ」

窓際《まどぎわ》で峰《みね》と一緒にご飯を食べている白草《しろくさ》が肩を震わせた。

「あと桃坂《ももさか》？　廊下で聞いているのはわかってる。隠れて見ているくらいなら出てこい」

「ギクリ」

とぼけた顔つきの真理愛《まりあ》が廊下の物陰から現れ、挨拶した。

「あらあら、生徒会の副会長さんでしたか。わたしは桃坂真理愛《ももさかまりあ》と言います。今後ともよろしくお願いいたします」

「もちろん知っている。君は有名人だから」

「そうでしたか。ありがとうございます」

「私は君の芸能活動に関しては言うべき立場にないが、初日から校内で騒動を起こしたことには懸念《けねん》を持っている」

「うっ……」

真理愛《まりあ》は冷や汗を垂らした。

「君は有名だし、人気者だから、ある程度騒ぎになるのは仕方がないと思っているんだ。でも節度を守って、火に油を注ぐような行動には気を付けて欲しい。先輩として、生徒会副会長として言っているんだが、わかってくれるか？」

「ええ、はい、おっしゃる通りだと思います……」

真理愛《まりあ》は笑顔を引きつらせると、俺の耳元に口を寄せた。

「末晴《すえはる》お兄ちゃん、この学校にこんなまともな人がいたんですね」

「お前がうちの学校にどういう印象を持っていたかがよくわかるセリフだな」

「正論過ぎて反論ができないんですけど」

「そうだなぁ。ただもうちょっと緩いとありがたいんだけどなぁ……」

「丸《まる》、聞こえているんだが？」

ちらっと見上げると、恵須川《えすかわ》さんがにらんでいた。

俺はすかさず土下座した。

「す、すいませんでしたぁーーっ！」

恵須川《えすかわ》さんはため息を一つつくと、膝をついて俺に手を差し伸べた。

「君が謝るのは当然だが……土下座まですることはない。君もまた人気者だし、もう少しプライドを持ってもいいと思うぞ」

そう言って恵須川《えすかわ》さんは俺の手を取って立たせてくれた。

あ、この子、しっかり者なだけではなく、いい子だ。

秩序を担《にな》う人間でも、頭ごなしで問題児を否定したり、ルールを守らない人間に対してすぐカッときて責め立てたりするタイプはいる。でも恵須川《えすかわ》さんは常識的に考え、悪いところを指摘するだけだ。だから説教されても話が耳に入ってきやすいのだろう。

「あと、そんなに硬くなる必要はない。別に私はそんなに怒っていないから」

って言っても怒っているようにしか見えないのは、基本仏頂面《ぶっちょうづら》だからだろうか……。

じっと恵須川《えすかわ》さんの表情をうかがっていた真理愛《まりあ》が尋ねた。

「副会長さん、あなた……ファンクラブのリーダーをやるからには、末晴《すえはる》お兄ちゃんのファンなんですか？　それならば少々歪《ゆが》んでいるというか、変な建前なんかでごまかさずに素直にそう言えばいいと思うのですが」

おいおい、何を挑発するようなことを言ってるんだ？

俺は慌てたが、真理愛《まりあ》はにらみつけるだけだ。

対する恵須川《えすかわ》さんも表情を変えない。ただ不機嫌さが増したように見えた。

「愚か者」

恵須川《えすかわ》さんは真理愛《まりあ》の質問を鋭く一刀両断。でも肩をすくめたことで、多少張り詰めた空気が緩くなった。

「それは邪推というものだ。丸《まる》の演技はこの前少し見た。凄《すご》いし尊敬できるものだと思ったが、それでファンというわけでもないだろう。最近、丸《まる》のファンの子たちの行動が目に余ってな。副会長としての活動の一環としてまとめ上げることにしただけだ」

よどみのない説明に、真理愛《まりあ》もただ頷《うなず》くことしかできずにいる。

「わかってくれたらこれ以上面倒ごとを起こさないよう、節度ある行動をして欲しい」

これは真理愛《まりあ》に対してだけではなかった。見回して言ったことを考えれば、群青《ぐんじょう》同盟メンバー全員が対象だろう。

ホントこの子、まっとうだな。最近の新たな知人と言うと紫苑《しおん》ちゃんが思い浮かぶから、その反動で余計にそう感じるのかもしれない。

「わかったよ、恵須川《えすかわ》さん。できるだけ気を付けてみる。できるかわからないけど」

「そこは口だけでもしっかり気を付けると言って欲しかったところだが」

「いやさ、未来のことわかんないし。嘘《うそ》つきたくないし」

「頼りないな……。まあ正直者は嫌いじゃないが」

恵須川《えすかわ》さんは大きなため息をついた。

「とりあえずアドレス、交換してもらっていいか？　ファンクラブ内で話し合いをして、まずリーダーの私だけが連絡先を交換することにした。メンバー全員と交換すると収拾がつかないからな。ファンクラブとして連絡することがあれば、私から連絡する」

あー、なるほど。さっきファンの子たちが乗り込んできたときのテンションの高さを考えれば当然の配慮だ。

「無論、丸《まる》が個別に会いたい子がいれば止めるつもりはない。そのときは丸《まる》からアドレスを伝えてくれ。ファンクラブメンバーから丸《まる》に連絡先を渡したり、逆に教えて欲しいとねだったりすることは禁止にしている」

「わかった」

やはり恵須川《えすかわ》さんは見た目よりもずっと話が通じる。ファンクラブについては彼女に任せたほうが良さそうだ。

ということで昼休みも終わりが近づいていたので、アドレスを恵須川《えすかわ》さんとだけ交換して解散となった。

＊

「さて、またここに集まってもらったわけだけど――」

学校近くにあるイングリッシュガーデン風の喫茶店。

黒羽《くろは》、白草《しろくさ》、真理愛《まりあ》は前回の〝乙女たちの密談〟と同じく、個室の六人掛けのテーブルに距離を空けて座っていた。

黒羽《くろは》は視線を合わせようとしない白草《しろくさ》と真理愛《まりあ》に向けて、語りかけた。

「二人も聞いていたでしょ、ハルのファンクラブについて。意見をすり合わせる必要があると思うんだけど？」

「それならまず自分から話すのが筋じゃないかしら、志田《しだ》さん？」

牽制《けんせい》の刃《やいば》が黒羽《くろは》の頬をかすめる。

下手に動くと足元をすくわれかねない……そんな緊張感が漂う中、やむなく黒羽《くろは》は一歩踏み込んだ。

「前々からこんな展開があるかも……と危惧はしていたの。哲彦《てつひこ》くんも群青《ぐんじょう》同盟に入りたい人、八割は男子だけど、二割は女子って言っていたし。それって哲彦《てつひこ》くんの校内での評判の悪さを考えると、女子のほとんどはハル目当てじゃないかなって思ってたから。それは二人とも気がついていたでしょ？」

「ええ、そうね」

「白草《しろくさ》さんに口止めされたくらいですし」

真理愛《まりあ》のセリフは、群青同盟《ぐんじょう》に入りたい人の話題が末晴《すえはる》の前で出た際、『桃坂《ももさか》さん、言う必要があることかしら？』と白草《しろくさ》が止めた件を指している。そのやり取りを黒羽《くろは》は見ていたため、ここまでは共通認識でいいと確信していた。

「ドキュメンタリーや真エンディングでハルの人気が出るのは予想していたけど、校内にファンクラブができるのはあたしとしても想定外。ハルのファンって隠れている子が多かったから、表に出てくるほどの勢力になるとは思ってなかったんだけど……」

「哲彦《てつひこ》さんが言っていたように、リーダーとして挨拶をしに来た副会長さんがまとめたのが大きいとモモも思いました」

黒羽《くろは》は頷《うなず》いて応じた。

「本来浮ついた活動を取り締まる急先鋒《きゅうせんぽう》と言える子がリーダーになったことで、気持ちを表に出していいんだ、って安心感が出たんだと思う」

「まあ警察がバックについてくれたようなものですからね」

「――脅威ね」

白草《しろくさ》が断言すると、黒羽《くろは》と真理愛《まりあ》は頷《うなず》いた。

「ハル、おバカだから、ファンクラブができただけで頭がお花畑になっちゃってるんじゃないかな……」

「しかもスーちゃん、えちぃところあるし……」

「末晴《すえはる》お兄ちゃんは基本誠実ですが、お調子者なところを突かれると困りますね……」

「「「うーん」」」

三人は頭を抱えた。

末晴《すえはる》のおバカでスケベでお調子者である弱点を突かれると、万が一のことがあり得る。

絆《きずな》で言えば決して負けないと考えている三人だったが、ファンクラブを捨て置くことなどできず、危機感を持って対処しなければならない――というのは共通認識だった。

「スーちゃんのファンクラブ、乗っ取れないかしら?」

白草《しろくさ》がふふふ、と怪しげな笑みを浮かべて語る。

「例えば私が副会長の代わりにリーダーになれば、不埒《ふらち》なことを考えている子たちを厳しく調教し、清く正しいスーちゃんファンに教育してあげるわ……」

「可知《かち》さんがリーダーになったらみんなファンクラブをやめて、各自でハルに近づくと思うけど? あれ、公正なえっちゃんだからみんな納得してるんじゃない?」

「うっ――」

黒羽《くろは》の冷静な突っ込みに白草《しろくさ》は言葉を失った。

追い打ちをかけるように真理愛《まりあ》が突っ込む。

「白草《しろくさ》さんだけじゃなく、モモでも黒羽《くろは》さんでも制御は無理ですよ。末晴《すえはる》お兄ちゃんに近いモモたちの誰かが上に立てば、ファンクラブの人たちは『何で彼女面《かのじょづら》している女の言うこと聞かなきゃいけないの』と思うでしょう。ファンクラブを乗っ取って操りたいなら、リーダーである副会長さんを手懐《てなず》け、間接的に支配するやり方が現実的と思われます」

白草《しろくさ》は黒のニーハイソックスのズレを直し、長い脚を組み替えた。

「志田《しだ》さん、ちょっと教えて欲しいのだけれど」

「何？」

「あなた、副会長と知り合いのようだったわね？　もうちょっと彼女の内面というか、詳細な性格とか、どうなのかしら？」

黒羽《くろは》はコーラに醤油《しょうゆ》を少し入れ――白草《しろくさ》と真理愛《まりあ》がドン引きするのを尻目に――ストローでかき混ぜて一口飲んだ。

「出会ったのは一年のとき。えっちゃんとは別のクラスだったんだけど、互いに学級委員だったから、その縁で。それから顔を合わせたらお話するくらいの関係になったの。彼女、とても真面目で凄《すご》くいい子でね。凛《りん》としたところなんかは可知《かち》さんに似ているかも。可知《かち》さんから目立つ部分を抜いて、誠実さと面倒見の良さと人望を付け加えた感じ」

「ああ、なるほど。白草《しろくさ》さんには誠実さと面倒見の良さと人望はありませんものね」

「二人とも、煉獄《れんごく》の炎に焼かれなさい」

黒羽《くろは》はさらりと聞こえなかったフリをして流した。

「あたしも面倒見がいいと言われることがあるけど、あたしは友達とかの身近な人だけ。でも彼女はもっと学校全体のことを考えている子で、えっちゃんが二年生の前期に生徒会の会計だったときは、部活の予算《よさん》絡《がら》みでお世話になったこともあるかな」

「クラスで『風紀委員長みたいな人』って言われてましたが、それが一番しっくりきますね」

「甲斐《かい》くんと相性が悪いのも納得だわ。あまり敵に回したくない……いえ、できれば味方にしたい人材のようね」

「じゃあ可知《かち》さんはハルのファンクラブを認めるつもり？」

白草《しろくさ》は絹のような黒髪をふわりと撫《な》でた。

「ありえないわね。ファンクラブは絶対に潰す必要があるわ。副会長は理性的であるようだけれど、ファンクラブのメンバーは恥知らずのあばずればかり……。身の程を知らしめ、息の根を止めなければならないわね」

「モモも白草《しろくさ》さんに賛成ですね」

真理愛《まりあ》はふわふわの髪を撫《な》でると、愛らしい笑顔を浮かべた。

「末晴《すえはる》お兄ちゃんの素晴らしさに今更気がついたハエさんたちに、どうしていい顔をしてあげなければならないのでしょうか。可及的速やかに排除する必要があります。できれば一人ずつ説教の一つでもしてあげたいところですね」

「珍しく意見が合ったわね、桃坂《ももさか》さん」

「そのようですね、白草《しろくさ》さん」

ふふふ、と白草《しろくさ》と真理愛《まりあ》は笑い合う。ただし仲の良い雰囲気《い》は皆無のまま。互いに腹の底に一物を隠し持っているのは明らかだった。

様子をうかがいつつ、黒羽《くろは》は告げた。

「そこまでの方針はあたしも同感。そこで提案なんだけど――〝共同戦線〟組まない？」

沈黙が降りた。

固まったわけではない。むしろ三人とも目はそれまで以上に動かしていた。

僅かな空気の流れさえ相手の感情をより正確に摑《つか》み取《と》るための材料だと言わんばかりに視線を交わし合い、牽制《けんせい》し合《あ》ったあげく、真理愛《まりあ》が口を開いた。

「……わかりました。それが最善のようですね」

「……志田《しだ》さんからの申し入れというところが引っかかるけれど、私も賛成するわ」

――こうして今ここに、不倶戴天《ふぐたいてん》の三名による共同戦線が成立した……っ！

契約書も血判状もない、何の保証もない口約束。

それだけに誰がいつ抜け駆けするかわからない恐怖が三人の脳裏をよぎっていた。

しかし今は緊急事態。それゆえに今回ばかりは仕方がない。

そんな共通認識があった。

ただし、だからといって、仲良くするわけではない。

ファンクラブの問題が落ち着いたらすぐまた敵に戻る。それもまた自明の理だった。

なので三人は互いに目を合わせず、個室は緊張感が張り詰めたままだった。

「意思を統一するためにも目標を決めたいのだけれど」

白草《しろくさ》の言葉に、黒羽《くろは》が答えた。

「目標はハルのファンクラブの解散。それなら異存はないでしょ？」

「副会長を手懐《てなず》けて乗っ取る案は？」

「あたしはえっちゃんを手懐《てなず》けられると思わない。芯が通ったしっかりした子だから、ファンクラブの子を裏切って、あたしたちの味方になれとか、一番嫌いそう。手懐《てなず》けようとするだけでも不信感をもたれると思う。そんなので敵にするほうが損。違う？」

これには白草《しろくさ》も真理愛《まりあ》も頷《うなず》いた。

「だとすると、もう少し細かいところ……例えば副会長さんへの対応方針を相談したいのですが」

「例えばモモさんはどんな想定を？」

「ファンクラブの解散となると、手っ取り早いのはリーダーの副会長さんによる解散宣言ですよね。どうやら副会長さんがいないと、メンバーの意思統一が難しいようですし」

「確かにそうね」

白草《しろくさ》が頷《うなず》いた。

「となると大きく分けて『友好的』か『敵対的』の接し方があると思うんですが」

「モモさん、『敵対的』と言うと、えっちゃんと真っ向から対決。ファンクラブの活動を徹底的に潰し、否定していくのよね」

「……そうですね。そんな想定で問題ないかと」

「だとすると『友好的』はどんな感じになるの？　ちょっと想像しづらいんだけど」

黒羽《くろは》の問いに対し、真理愛《まりあ》はメロンソーダフロートで喉を潤すと、朗々と話し始めた。

「基本的には説得と工作ですね。説得のほうは、副会長さんと仲良くなってモモたちの立場を理解してもらい、穏便に解散を狙うというものです。工作は説得している間にファンクラブメンバーの評判を落としたり、悪事を見つけたりするといった方向になるかと。副会長さんに『こんなメンバーに付き合いきれない！』と思わせる方針ですね」

「あたし、えっちゃんとは普通に友達だし、敵対的な行動はしたくないんだけど」

白草《しろくさ》が反論した。

「私は逆よ。敵対的な対応をし、徹底的に潰すべきだと思うわ。副会長が『解散』って言うだけなら、ファンクラブの芽はあちこちに残ることになる。そんなの火種が散らばるだけ。安心できないわ」

「……確かに」

黒羽《くろは》は顎に手を当て、思考を始めた。敵対的な行動を避けたい黒羽《くろは》だったが、白草《しろくさ》の意見は無視できるものではなかった。

「あとあの副会長、ちょっと引っかかるのよね。なるべくスーちゃんに近づけたくないというか……理性的なのはわかるのだけれど、油断のならないメスのニオイがするわ」

強烈な敵意に、黒羽《くろは》は苦笑いをした。

「えっちゃん、いい子なんだけど……。あいかわらず可知《かち》さんは主《あるじ》以外には全部嚙《か》みつく忠犬というか……」

「いつも抜け駆けするドロボウ猫や、常に漁夫の利を狙っている古狸《ふるだぬき》よりマシだと思うけれど？」

「はぁぁぁぁ⁉　あたしがドロボウ猫⁉」

「ああそうですかモモが古狸《ふるだぬき》ですかよくもまあ言ってくれましたね」

「私は誰とは言ってないけれど？　まあ自覚があるのは何よりだわ」

互いににらみ合う。

せっかく共同戦線を張ったのにさっそくの崩壊の危機。

黒羽《くろは》は深呼吸をして気持ちを落ち着かせた。

「……やめよ。今、争って喜ぶのはファンクラブの子たちだから」

「……わかったわ。やむを得ないわね」

「では話を戻しましょう」

ポンッと真理愛《まりあ》が胸の前で手を合わせた。

「副会長さんへの方針ですが、実はモモ、お二人の方針と違う腹案がありまして」

「言ってみて」

白草《しろくさ》が促すと、真理愛《まりあ》はニコッと人を蕩《とろ》かす笑みを浮かべた。

「表面上は『友好的』、裏では『敵対的』――ではいかがでしょう？」

笑顔と発言のえぐさとのギャップに、黒羽《くろは》と白草《しろくさ》は鼻白んだ。

「さ、さすがモモさん……実にしたたかね……」

「笑顔で言うべきセリフじゃないと思うけれど……内容的には納得したわ……」

「では副会長さんとは表面上友好的に進めますが、裏ではファンクラブの活動を徹底的に弾圧していきましょう！　細かいことは詰める必要があると思いますが、ファンクラブに関する情報を手に入れたら隠さず共有してくださいね？」

「「異議なし」」

真理愛《まりあ》はテレビで大評判だった愛らしい笑顔のまま、ずいっと前傾姿勢になって声を潜めた。

「それで早速と言ってはなんですが、ファンクラブメンバーについてお二人が知っていることを教えてもらえませんか？　あとで玲菜《れな》さんにも調査をお願いするつもりですが、何せモモは転校してきたばかりでして、情報が不足しています」

黒羽《くろは》は白草《しろくさ》に視線で確認を取り、頷《うなず》き合《あ》った。

「いいけれど、知ってるのは数人だわ」

「リスト作る？　名前を見ながらじゃないと、取りこぼしが出そう」

真理愛《まりあ》はそっと携帯をテーブルに置くと、古狸《ふるだぬき》と呼ばれるにふさわしい笑みを浮かべた。

「実はさっきファンクラブの子たちが乱入したとき、モモはしっかりとカメラで写真を撮っておきまして……。まず名前の書き出しからいきましょうか」

あまりに用意周到。

本来、真理愛《まりあ》の用意周到さは脅威だった。

しかし今は違う。仮初めではあるが、少なくとも今は味方。

その頼もしさに、思わず黒羽《くろは》と白草《しろくさ》から笑いがこぼれた。

「悪くないわ。人物のまとめは私が作ってあげる。そういうの、キャラクター表を作るので慣れているから」

白草《しろくさ》はバッグからノートパソコンを取り出した。

「じゃあ順番にいこっか。これでもあたし、結構噂話《うわさばなし》とか耳に入ってくるほうだから、玲菜《れな》ちゃんでは収集できなさそうな情報を埋めるよ」

「ふふふ、これは楽しくなってきましたね」

「しし、失礼します……。こちらお下げしてよろしいでしょうか……」

そっと男性店員は個室の中に入った。グラスが空になっているのが見えたからだが、この美少女三人の恐ろしさを十分に知っているだけに、ライオンの檻《おり》に肉を置きに行く心境だった。

しかし――

「あ、あたし、コーラをもう一杯ください。醬油《しょうゆ》、このまま置かせてくださいね」

「じゃあモモはコーラフロートで。アイスクリームを大盛りにしてくれると嬉《うれ》しいです」

「私はブレンドで。砂糖とミルクはいらないわ」

「………へっ?」

美少女たちがニコニコと微笑《ほほえ》んでいる。

可愛《かわい》い。滅茶苦茶《めちゃくちゃ》可愛《かわい》い。

男性店員は一瞬呆然《ぼうぜん》としたが、次の瞬間元気になり、颯爽《さっそう》と空のグラスやコーヒーカップを盆に載せ、深々と頭を下げた。

「すぐにお持ちします。少々お待ちください」

男性店員は軽やかな足取りで厨房《ちゅうぼう》へ向かい、テンション高く美少女三人の素晴らしさを語った。そして注文の品を盆に載せて再び個室に向かったところ――

「なるほど……それは重要な情報ね。この女は地獄に落とすべきだわ」

「あとこっちの子だけど、あざといの。今、二股をかけているのは確定情報よ」

「あらあら、そんな身の上で末晴《すえはる》お兄ちゃんに粉をかけようとは……いい度胸ですね」

「ひぃぃっ――」

ニッコニコな表情で恐ろしい会話をする美少女三人に過去最大の恐怖を覚え、厨房《ちゅうぼう》スタッフに『闇の宴《うたげ》が行われていた』と言って騒ぐのだが、それはまた別の話である。

こうして三人が協力関係を結ぶという歴史的会談は幕を閉じた。

しかしまだ事は始まったばかり。

校内の大騒動は、これからが本番だった。

# 第一章　ファンクラブと共同戦線

＊

制服は冬服へと替わり、木々が色づくと共に、肌寒さを感じるようになっていた。

明日から三連休ということもあって、生徒たちの足取りはどこか軽い。あいにくの小雨模様《こさめもよう》だったが、文化系部活である俺たちエンタメ部こと群青《ぐんじょう》同盟の活動に雨は関係なかった。

ということで放課後、部室である第三会議室に集まり、話し合いを行っていた。

メンツはいつもの俺、哲彦《てつひこ》、黒羽《くろは》、白草《しろくさ》、真理愛《まりあ》で、玲菜《れな》は端っこにいてカメラを回している。

「まず一昨日《おととい》にようやく公開することができた、PVの初動を報告するぞ」

ホワイトボードの前に立つ哲彦《てつひこ》が携帯を片手に語る。

PVとは、沖縄《おきなわ》で撮影した黒羽《くろは》、白草《しろくさ》、真理愛《まりあ》の三人によるアイドル路線の動画だ。

元々はもっと早く公開する予定だったが、ドキュメンタリーや〝チャイルド・キング〟の真エンディングなどが重なり、この時期での公開になってしまったのだった。

「えー、今の時点で……約五十万再生。再生数のスピード的には、告白祭の動画、ドキュメンタリーに次ぐ三番目の早さだな。いや、一番目と二番目はマスコミで取り上げられた影響が大きいだろうから、これは驚異的と言っていいと思う」

「おおっ、すげぇな！　さすが！　やったな！」

俺が絶賛して振り返ると、笑っていたのは真理愛《まりあ》だけだった。

「まあモモが入っているので、これくらいは当然かな……という部分はありますが、黒羽《くろは》さんや白草《しろくさ》さんの人気のおかげもありますし。成功と言っていいのではないでしょうか」

「何だよ、モモ。結構冷静だな」

「望んで参加した企画ではないので」

そっかぁ、そうだよな。

後でわかったことだが、PVの企画に賛成したのは俺、哲彦《てつひこ》、白草《しろくさ》だった。逆に言えば黒羽《くろは》と真理愛《まりあ》は不本意だったわけで。真理愛《まりあ》は成功したことに関しては喜んでいいと考えているが、それ以上の感情はない、といったところのようだ。

「クロはどうなんだ？」

「正直恥ずかしくて最終チェックのときしか見てないの。でも昨日からその話題を振られることが多くて……。ちょっとげんなりしてるかな……」

言われてみれば心なしか頬がこけ、元気がない。

「へっ？　そうだったのか？」

「まさかハルの気持ちがわかる日が来るとは思わなかったよ……。友達には褒められてるのか、からかわれているのかわからないこと言われて反応に困るし、男の子がやたらあたしを見て囁《ささや》き合《あ》ってるし……」

「うっ、なんかすまん」

黒羽《くろは》は目立つのが好きじゃないんだよな。ここまで付き合わせちゃってるのは俺のせいで。少し責任を感じてしまう。

「あ、別にハルのせいじゃないから気にしないで。自分で決めて動画に出たんだから。でもちょっと疲れるなぁ」

「あまり気にしないほうがいいわよ。烏合《うごう》の衆の相手なんてしてたらキリがないわ」

お、珍しい。白草《しろくさ》が黒羽《くろは》にアドバイスをしてる……。

「経験談どうもありがとう、可知《かち》さん。でもこのPV、可知《かち》さんが賛成したから撮ることになったんだけどね」

「っ！」

白草《しろくさ》は頬を引きつらせた。

「多数決で決まったことに今更ケチをつけるなんて、志田《しだ》さんは執念深いのね」

「多数決は仕方がなくても、罠《わな》を仕掛けていたことに関しては忘れることなんてできないんだけど？」

「罠《わな》？　何のことかしら。知らないわね」

「あのねーっ！」

「──ストップ！」

止めたのは哲彦《てつひこ》だ。

珍しいこともある。いつもは笑いながら見ているのに。

「ちょっと今日は予定が詰まってるんだよ。喧嘩《けんか》なら後でやってくれ」

黒羽《くろは》も白草《しろくさ》もそう言われては反論できず、深呼吸をして座り直した。

「で、予定ってなに？　まさかあなたのくだらないデートとか言わないでしょうね？」

白草《しろくさ》は完全にお怒りモードらしい。なかなかに辛らつな発言だ。

厳しい口調にも哲彦《てつひこ》はまったく表情を崩さなかった。

「まずは報告だ。えー、ＰＶの好調さもあって、総一郎《そういちろう》さんのところにとある事務所から連絡があった。内容は『ＰＶメンバーでのアイドルデビュー』の話だ」

「おっ、すげぇ！」

俺は思わず声を上げた。

「つまりクロ、シロ、モモの三人でアイドルユニットを組んでデビューしないかってことか？」

「そうだ」

ほー、なるほど。さすが芸能界は目敏《めざと》いな。

宣伝なしで二日で五十万再生とか、新人アイドルだってそうはいかない。もちろん人気アイドルはこの何十倍も凄《すご》いが、宣伝や実績があっての数字だ。

今回、これほど再生数が伸びたのは、きっと世間に求められていたものを提供したからだ。無論真理愛《まりあ》の知名度が圧倒的だからその影響もあるだろうが、三人揃《そろ》ってのデビューで声がかかるということは、黒羽《くろは》と白草《しろくさ》の潜在能力も相当買われているのは間違いないだろう。

「で、今日はデビューする気があるか聞きてぇんだが、三人ともどうなんだ？」

哲彦《てつひこ》が尋ねると、三人は同時に言った。

「――やだ」

「――興味ないわ」

「――お断りします」

満場一致、即座の否決だった。

「結論はやっ！　お、おい、いいのか……？　どこの事務所からの話かは知らないが、そんなに悪い話じゃないようにも思うんだが……」

予想外の展開だったので俺が蒸し返すと、まず黒羽《くろは》が言った。

「アイドルって興味ないし。正直お金もらってもやりたくない」

「まあクロはそうだよなぁ」

「私も同感ね。性に合わないわ。テレビにゲストで呼ばれるだけでも嫌なのに」

「シロもそういうタイプだよな……。けど、モモは何でダメなんだ？」

「最初からアイドル路線でデビューしたのなら、あまり気にせずアイドルをやっていたと思います。でも現実としてモモは子役でデビューし、女優としての地位を築きました。モモは女優のお仕事が好きですし、女優をおいてアイドルをするメリットを感じません」

　聞いてみればそりゃそうか、という理由だ。

「オッケー。じゃあ総一郎《そういちろう》さんに連絡して断ってもらうわ。ちなみに今後同様の話があった場合、門前払いでいいか？」

「「「異議なし」」」

　ということでアイドル話はあっさり立ち消えとなった。

　俺としてはちょっと惜しいと感じる。

　無理強いはできないけど、三人とも可愛《かわい》かったから正直また見たいんだよなぁ……。せめて群青《ぐんじょう》同盟の企画で何かやって欲しいんだけどな……。

　評判がよかったから、きっと哲彦《てつひこ》もどこかで企画をぶち込みたいと思っているだろう。今度二人で打ち合わせをしておこう。彼女たちのうちの一人が俺たちに寝返るようなアイドル企画を立てれば、やってもらえる可能性はあるはずだ。

「それで、話は終わりでいいかしら？　予定が詰まっていると言っていた割にはあっさり終わったけれど」

白草《しろくさ》がチクチクと哲彦《てつひこ》を攻撃する。

だが哲彦《てつひこ》はまるで動じなかった。

「じゃあ次の話にいくぞ。お前らに紹介したいやつらがいる」

紹介、という言葉に不穏な空気が漂い始める。

哲彦《てつひこ》は入り口のドアを開けると、廊下に向かって『おい、入ってきていいぞ』と告げた。

入ってきたのは三人の男子生徒だった。

一人目は野球のユニフォームを着ており、ガタイがいい。短髪で頬に傷がある。

二人目はテニスウェア姿だ。中性的な顔立ちをしたクールなイケメンだが、髪が長すぎてちょっと異様な雰囲気をしている。

三人目は見るからにヤバい。おそらくは欧米からの留学生。くすんだ茶髪のくせっ毛で、メガネをかけている。問題は制服の上着のボタンをすべて外し、Tシャツを見せているのだが、プリントされているのが真理愛《まりあ》の顔だ。そして額に『イモウトラブ』とカタカナで書かれたバンダナを巻いている。

三人は入ってくるなり、それぞれ茶封筒を哲彦《てつひこ》に渡していった。

「……おい、哲彦《てつひこ》。それ、何を受け取ってるんだ？」

「紹介料だが？」

「そういうの目の前でやるのやめてくれる？」

「わかったわかった。ここにいるメンバーにはこの金でなんか奢《おご》ってやるから」

「ならばしょうがないな」

「ハル！　しょうがなくないって！　これ、あたしたち売られているみたいなものだから！もーっ、完全に哲彦《てつひこ》くんに毒されてるじゃない！」

黒羽《くろは》の言うことはもっともだ。

俺が反省していると、いきなり野太い声がとどろいた。

「んん～、たまんねぇなっ！　やっぱり志田《しだ》さんの『もーっ』は最高だなっ！」

感嘆の声を発したのは野球のユニフォームを着た男子生徒だ。

「おい、哲彦《てつひこ》。こいつ誰なんだよ……」

「自己紹介するんだろ？」

哲彦《てつひこ》が促すと、その男子生徒は選手宣誓でもするかのように手を腰の後ろに回し、直立した。

「オスッ！　おれは二―Hの小熊《おぐま》！　野球部のキャプテンをしている！　今回は志田《しだ》さんのファンクラブ〝ヤダ同盟〟を立ち上げたことを知らせに来た！　今後よろしく！」

………黒羽《くろは》のファンクラブ？　えっ？　マジで？

まあ黒羽《くろは》の容姿、人気、社交性を考えればあってもおかしくはないけど……。

「PVが公開されてからファンが急増。それでファンクラブ結成だっけ？」

哲彦《てつひこ》が突っ込むと、小熊《おぐま》は首を左右に振った。

「違う！　事実上の結成は一年のときからだ！　おれたちはPVが公開されるずっと前から志《し》田《だ》さんを崇《あが》め、讃《たた》え、情報を交換していた！　しかし表に出ては迷惑がかかると思い、潜んでいたんだ！」

「………………」

黒羽《くろは》の表情が曇った。

気持ちはわかる。こんなドン引きする話、堂々と言われちゃそうなっちまうよなぁ。

「じゃあ何で今更表に出てくるんだよ？」

「PVが公開されたことで、にわかが増え、志田《しだ》さんが困っているようだ！　ファンとしては見過ごせない！　そうしてできたのが〝ヤダ同盟〟だ！　おれたちの目的は、志田《しだ》さんの幸福にある！　志田《しだ》さん、今後何かあればいつでも呼んでくれ！」

告白祭での『――ヤダ』と同じ笑みを浮かべ、黒羽《くろは》は告げた。

「――じゃあ解散して」

「ぐふっ！」

すげぇ、設立を宣言した瞬間に解散を命じられてる……。

何だか可哀《かわい》そうになってきたぞ……。

「どけ」

テニスウェアを着た男子生徒が小熊《おぐま》を押しのけた。

そして向かった先は——白草《しろくさ》のところだった。

「フッ、オレは二—Fの那波《なば》だ。テニス部の部長をしている」

彼は恭《うやうや》しくお辞儀をすると、胸まである長い髪を振り乱し、ナイトのごとくひざまずいた。

「可知《かち》白草《しろくさ》……オレはお前のためにファンクラブを作った……名は〝絶滅会〟……お前に尽くし、お前に傅《かしず》く者たちが揃《そろ》っている……何でも命じてくれ……」

そうか、黒羽《くろは》のファンクラブがあるなら、当然白草《しろくさ》のファンクラブもあるよな……。世間の知名度で言えば、白草《しろくさ》のほうが圧倒的に上だし……。

俺が不安げに見つめていると、白草《しろくさ》はバッサリ斬り捨てた。

「——気持ち悪いから寄らないで！」

「っっ！」

聞いているほうが辛《つら》くなってくるような、凄《すさ》まじい拒絶だった。

白草《しろくさ》の顔には嫌悪《けんお》がにじみ出ている。こんな顔でにらまれたら、俺なら立ち直れそうにない。

これはダメージデカいだろうと思って様子をうかがっていると——

「さすが可知《かち》白草《しろくさ》……最高だ……」

喜びに打ち震えていた。

よし、白草《しろくさ》いいぞ。こんな連中は絶滅させてしまえ。

「おい、哲彦《てつひこ》。何だこれ、コントでもやってるのか？」

「いや、別に」

「頭おかしいやつしかいないし、一秒で解散に追い込まれているわけだが」

「オレは別に紹介料もらうだけで後の保証は何もしてねぇし、いいんじゃね？」

「責任取りたくねぇ気持ちはわかるが、最後の一人が雰囲気ヤバすぎるだろ」

俺はメガネの留学生に目を向けた。

Tシャツを見るだけで真理愛推《まりあお》しなのはわかる。そしてこれまでの展開から考えれば、ここにやってきた理由は言わずとも知れたようなものだった。

「ワタシ、三—Aのジョージ。ジョージセンパイとヨんでね。シュッシンはイギリス。ちょっとマエまでアニメケンキュウブのブチョウをしていたね」

特殊なアクセントのエセ日本語……と言えばいいのだろうか。

何というか、イラっとくるイントネーションだ。とにかく怪しい。

ジョージ先輩は徐々に自分の世界に没入し、言葉に熱がこもっていった。

「アコガれのニホンへやってきて、ミつけたのが……イモウトッッ！　オウッ！　ワタシ、デンゲキハシったね！　これぞキセキのデアいッ！　ジャパニーズイモウトサイコーーッッ！」

「ていっ」

俺はジョージ先輩にローキックをかました。

「ノゥッ！」

そんなに強く蹴ったつもりはなかったが、ジョージ先輩はびっくりするほど手足が細い。かなり痛かったらしく、『オゥッ！』とうめきつつ床をごろごろ転がり回った。

「末晴《すえはる》、珍しいな。お前が初対面の人に攻撃するなんて」

「いや、なんつーか、一秒で『殺《や》らなきゃ』って思ってさ。これでも俺、モモの兄貴分だし」

「末晴《すえはる》お兄ちゃん……」

真理愛《まりあ》が目を潤ませる。

そういう反応をされると、悪い気はしない。

「ありがとうございます、末晴《すえはる》お兄ちゃん。でも大丈夫です。これでも芸能界の荒波を乗り越えてきましたから」

真理愛《まりあ》は転がり回るジョージ先輩に手を差し伸べた。

「大丈夫ですか？」

「オーマイガッ！」

真理愛《まりあ》が声をかけると、ジョージ先輩は即座に復活した。

おい、全然元気じゃねぇか……。

なぜかすでにダメージゼロのジョージ先輩は、全身を使って熱烈に語る。

「マリアちゃん！　キいてください！　マリアちゃんのために、ファンクラブをツクりました！　そのナも〝お兄ちゃんズギルド〟！」

「ていっ」

「アウチッ！」

俺が再びローキックをすると、ジョージ先輩はまた床を転がった。

「悪い、ファンクラブ名がちょっと俺の中の限界を超えてた」

「ハル、気持ちはわかるけど、先輩に暴力は……」

「スーちゃん、暴力はマズいわ。証拠が残るから。やるなら言葉で恐怖を植え付けるほうがいいわよ」

「皆さんひどい言い草ですね」

真理愛《まりあ》はしゃがみ、床に横たわるジョージ先輩を突っついた。

「あの、ファンクラブの設立、ありがとうございます、ジョージ先輩。立てますか？」

「オゥ！　ダイジョウブ！　ダイジョウブね！　ありがと！」

ジョージ先輩は満面の笑みを浮かべ、元気そうに立ち上がった。

「ただモモには不安がありまして……」

「ワッツ!?」

「モモには事務所が運営していた公認のファンクラブがあったのですが、事務所を辞めたことに伴い、今は解散になっています。なので私的なファンクラブに肩入れすることもできないですし、あまり騒がれてしまったりするのも困りものでして……。ジョージ先輩がリーダーでしたら、ファンクラブの方々をうまくまとめてもらっていいですか？」

「アイアンダスタン」

ジョージ先輩はくいっとメガネを中指で押し上げた。

「イモウトイズゴッド。ゴッドのイケン、タダしいね。このジョージにおマカせを」

「よろしくお願いします」

黒羽《くろは》と白草《しろくさ》はファンクラブを拒絶したが、真理愛《まりあ》は非公式ながら認めたと言っていいだろう。

その分喜びが大きかったのか、ジョージ先輩は興奮してはしゃぎまわっている。

「…………」

俺は何となくもやっとするものがあった。

わかっている。黒羽《くろは》も白草《しろくさ》も真理愛《まりあ》も凄《すご》く人気があるって。

正直、俺なんかよりずっと人気者だろう。俺にファンクラブができた今、三人にファンクラブがないほうがおかしい。

それはわかっているんだが……身近にいた三人が遠くなってしまうような気がして、ちょっと寂しく感じる。

まったく自分勝手な感傷だ。俺は自分のファンクラブを認めているというのに、三人にあったらもやっとするなんて、ひどい独占欲と言っていい。

まったく我ながら情けな――

「っ――」

そのとき携帯が震えた。画面を確認すると、恵須川《えすかわ》さんからのメッセージが届いていた。

『ファンクラブのメンバーと話し合ったのだが、よければ明日からの三連休のどこかで時間を取れないか？』

『せっかく同じ学校にいるのだから、話をしたり、顔を覚えてもらったりしたい、という希望が出ているんだ』

『実はすでに候補の時間を三つに絞っていて、時間ごとに行けるメンバーの調整もしてある。ダメだろうか？』

あ、ふーん。

三連休かぁ……。群青《ぐんじよう》同盟の会議以外、特に予定入ってないんだよな……。

群青《ぐんじよう》同盟も次の企画を話し合うだけで、急ぎの撮影とかはないし。これまで忙しかったから、ちょっと休みを入れようって哲彦《てつひこ》が言ってたんだよな。どうせあいつのことだから、デートの時間が欲しいだけだろうけど。

しかし……あれか。

『休みの日に』『女の子に囲まれ』『チヤホヤされる』ってことか。

今まで休みの日は、家でゲームをしていたり、ゴロゴロ寝まくったり、哲彦《てつひこ》と適当に遊びにいったりするくらいだったのに……まさかそんな日が来るとは……。

くくくっ、素晴らしい……っ！　ファンクラブ、素晴らしすぎるぞ……っ！

『今、部活中だから後で連絡する。三連休はあまり予定がないから、どこかで調整はつくと思う』

とりあえずこれだけ送っておいた。

いやぁ、ファンクラブの子たちと会うなんて、どんな感じになるんだろうな……。

この前取り囲まれたとき、可愛《かわい》い子多かったし……。あの子たちが俺のファンで、アピールしたくてしょうがないということは……つまりはボディタッチされまくりということか、そういうことか……。もしや、エロ展開もあるのでは……っ！

素晴らしいっっっ！　神はいたっっっ！

「ふふふふっ……」

ファンクラブのリーダーたちが何やら黒羽《くろは》たちに一生懸命アピールしているが、俺は自分の世界に浸っていた。

なので気がついていなかった。

黒羽《くろは》たちの眼《め》が光っていたことに。

＊

明日から三連休ということでおやつを買い込んで帰宅する途中、黒羽《くろは》から連絡があった。内容は『今日の夜、お母さんが夕食を食べに来ないかって言っているけど、どう？』というものだ。

だいたい週に一回くらいの頻度でお誘いがかかる。

黒羽《くろは》の母親の銀子《ぎんこ》さんは看護師。夕方勤務や深夜勤務などがあり、いつも夕食時に家にいるとは限らない。不規則な勤務時間で大変なことに加えて、掃除や洗濯などもしなければならない銀子《ぎんこ》さんが、落ち着いて俺を夕食に招ける日がだいたい週一回くらいなのだ。

夏休みの間は黒羽《くろは》と顔を合わせづらく何かしらの理由をつけて断っていたが、今は特に予定がなければごちそうになることにしている。

ということで――

「いただきます！」

「「「「「いただきます！」」」」」

俺は招きに応じ、志田《しだ》家にやってきていた。

志田《しだ》家の食卓は賑《にぎ》やかだ。俺を含めて七人もいるから当然だ。

七人というのは、志田四姉妹《カラフルシスターズ》で四人。父親の道鐘《みちかね》さん、母親の銀子《ぎんこ》さん、そして俺、という内訳になっている。

「何だい、末晴《すえはる》！　それだけしか食べてないのかい？　もっと食いな！」

がはは、と豪快な笑いを見せ、銀子《ぎんこ》さんが大皿のハンバーグを大量によそって渡してきた。

「いやー、その量は無理っす」

「何言ってんだい！　男子高校生だろ？」

「いやいや、男子高校生もいろいろいるんで」

「じゃあ碧《みどり》、食いな」

「アタシもテニス引退したからパス！　前と同じペースで食べてたら、ちょっと脂肪ついてきたんだよな……」

「あんたはあたいに似て脂肪が胸に行くから大丈夫だよ！　蒼依《あおい》と朱音《あかね》はまだわかんないから、注意したほうがいいかもしれないけどね」

「もう、お母さん……」

蒼依《あおい》が赤面した。朱音《あかね》は反応せず黙々と食べている。

父親の道鐘《みちかね》さんが助け舟を出した。

「まあまあ銀子《ぎんこ》さん。蒼依《あおい》も照れているし、末晴《すえはる》くんも困っているじゃないか。好きなように好きなだけ食べればいいじゃない」

「まあ、あんたがそう言うなら」

そう言って銀子《ぎんこ》さんは素直に引いた。

銀子《ぎんこ》さんは豪快を地で行く女性だ。対して道鐘《みちかね》さんは仏のような人で、いつも穏やかに微笑《ほほえ》んでいて、怒ったところを見たことがない。

志田《しだ》家を知る人間はこう言う。志田《しだ》家は父親が母親的で、母親が父親的だ、と。

身体的にも銀子《ぎんこ》さんは体格が大きく、碧《みどり》と同じ一七〇センチ。道鐘《みちかね》さんは小柄で、身長一五八センチと、銀子《ぎんこ》さんより十センチ以上低い。黒羽《くろは》、蒼依《あおい》、朱音《あかね》の三人が身長低めなのはおそらく道鐘《みちかね》さんからの影響だろう。

性格を見ても四姉妹はそれぞれ両親の特徴を受け継いでいる。銀子《ぎんこ》さんと体格が一緒の碧《みどり》は、一見して性格も似通っているのだが、細部を見ると違う面も多い。

例えば掃除をさせてみると碧《みどり》は妙に細かいところにこだわりだす癖があり、この点は大学教授で研究者肌の道鐘《みちかね》さん譲りだ。一方、黒羽《くろは》は細かいように見えて『こんなものだろう』で済ませることが多く、銀子《ぎんこ》さんのおおらかさを一番強く受け継いでいる。

道鐘《みちかね》さんに一番似ているのは朱音《あかね》で間違いない。抜群の集中力で周りが見えなくなるところやコミュニケーションが苦手、といったところは道鐘《みちかね》さんにそっくりだ。蒼依《あおい》は両親の中間という雰囲気だが、性格が穏やかで身体《からだ》が小柄なところから、どちらかといえば道鐘《みちかね》さん似と言っていいだろう。

「そういえば末晴《すえはる》、学校はどうなんだい？」

「別に特に変わったことないっすよ」

「勉強は？」

「ま、まあ、ちゃんとやってるって」

「ホントかい？　先週、ドキュメンタリーと真エンディングが公開されただろ？　それでいろいろと浮ついてないかい？」

銀子《ぎんこ》さんは俺の学校事情にも遠慮なく踏み込んでくる。俺の母と親友だったこともあり、母が亡《な》き後、俺の母親代わりになろうとしてくれているためだ。

「浮ついてなんてないっすよ」

なので俺は銀子《ぎんこ》さんのこと、ちょっと苦手だったりする。もちろん嫌いだなんてことはないけれど。

「へー、そうなんだ、ハル。ファンクラブができたのに？」

ガシャン、と音がした。蒼依《あおい》が茶碗《ちゃわん》を落としたのだ。

「ご、ごめんなさい……っ！」

蒼依《あおい》は慌ててテーブルにこぼれたご飯を片付け、布巾を台所に取りに行った。

「あはは、スエハルのファンクラブゥ～？　クロ姉ぇ、冗談きついって！」

「本当よ。今日、教室にファンクラブのリーダーが挨拶に来てたもん」

「ファ、ファンクラブ……？　ハルにぃに……？　もしかしてハルにぃはハーレムを作るの……？」

うーん、あいかわらず朱音《あかね》はちょっと頭が回りすぎて違う次元まで話が飛んでいるな。

「アカネ、日本でハーレムは無理だ」

「それは法律上の話。事実上は可能」

「凄《すご》いところを突いてくるな！　いやいや、そんなこと考えてないって。ファンだって言ってくれる子たちがいるから、ありがとなーって感じなだけだって」

「ありがとうっていうことで、一緒に遊びに行ったり？」

「そうそう、遊びに——って、違うって、クロ！」

恐ろしい……。黒羽《くろは》のやつ、さりげないノリで週末の予定を自白するように持って行こうとしていた……。

「違うって、何が？」

「いやいや、ホント何でもないって！」

俺が懸命に否定していると、ありがたいことに碧《みどり》が会話に入ってきた。

「しっかし物好きもいるもんだよなぁ。スエハルだろ？　ファンクラブ？　ありえね～。早めに普段のズボラなところを動画にして配信したほうがいいんじゃね？　そうしないと詐欺になるだろ？」

「うっせぇ、ミドリ」

蒼依《あおい》がテーブルを拭き終え、席に戻る。

碧《みどり》はたくあんをポリポリとかじった。

「でもさぁ、実はうちの中学にもいるんだわ……スエハルファン。今週、アタシがスエハルと仲がいいって知って、会わせてくれって頼んできた子、三人もいるんだよ」

「よし、わかった、ミドリ。アドレスを後で送ってくれ」

「死ね、バカスエハル。こんこんといかにスエハルがダメなやつか教えて、期待を裏切られるだけだから動画を楽しむだけのほうがいいって説得しておいた」

「おーまーえーなーっ！」

「さらっと中学生に手を出そうとしてんじゃねぇよ、このロリコン！」

「コラッ、二人とも！　ご飯中に立ち上がらない！」

銀子《ぎんこ》さんに怒られ、俺と碧《みどり》は渋々席に座り直した。

「末晴《すえはる》、あんたは調子に乗りやすいんだから、いい気になっちゃダメだからね！　わかってるかい？」

「ほーい」

夕食を食べ終えるのがいつもだいたい午後八時ごろで、その後一時間くらいリビングで話したりゲームしたりして、九時ごろ帰るのがパターンだ。

夕食後、子供たちは銀子《ぎんこ》さんが作ってくれたプリンを片手にテレビ前に移り、大人二人は食事用のテーブルでお酒を飲み始めた。

「けどさ、ミドリのところに俺と会わせろって子がいるなら、もしかしてアオイちゃんのところにもそういう子、来てる？」

蒼依《あおい》は苦笑いを浮かべた。

「正直なことを言うと、お願いされることはあります」

「やっぱり」

「でもはる兄さんに迷惑をかけちゃいますし、すべて『迷惑をかけられないから』という理由でお断りしています」

「そりゃあまりにも多すぎたら大変だけど、そんな迷惑ってほどじゃ……。アオイちゃんからのお願いであれば、可能な範囲で対応するけど？」

「おい、スエハル。さっきアタシと話してたときと言い方が随分違うじゃねーか」

「だってお前の紹介の子って、ミーハーっぽいじゃん。だからジョークで終わらせてもいいけど、アオイちゃんの紹介って、純粋な子が多そうだろ？　だとするとちゃんと会ったほうがいいかなと思って」

「差別だ差別！」

食べるラー油をかけてプリンを食べていた黒羽《くろは》がつぶやいた。

「ハル、そういうのって『公平さ』が大切じゃない？　碧《みどり》の紹介だからダメ、蒼依《あおい》の紹介だからいいとか、あたし良くないと思うんだけど？」

「……まあ確かに。そりゃそうだ」

「ならとりあえずどっちも会わないでいいと思う。ただでさえファンクラブができたんでしょ？　どう考えても収拾つかなくなるって」

「そうだよなぁ。わかった、ミドリもアオイちゃんもそういうことで頼むわ」

「わかってるって」

「わたしもその結論でいいと思います」

そこで横から朱音《あかね》が俺の袖を引いてきた。

「ハルにぃ、もし環境が変わって何か困ったことが出てきたら、何でも言って。ワタシ、力になるから」

朱音《あかね》が真《ま》っ直《す》ぐ俺を見つめている。妙に力が入っている……というか、必死ささえ感じるほどだ。

妹分であり、密《ひそ》かに頼りにしている朱音《あかね》からそんなことを言われて、俺は嬉《うれ》しかった。

「ありがとな、アカネ。じゃあ困ったら遠慮なく相談させてもらうわ」

俺が朱音《あかね》の頭を撫《な》でてやると、朱音《あかね》は視線を逸《そ》らした。表情はあまり変わらないが、頬が赤くなっている。照れているのは明らかだった。

テーブルから銀子《ぎんこ》さんの声が飛んだ。

「末晴《すえはる》、あんたいつの間にかまた人気者になってたんだねぇ～。でもさ、あんた危なっかしいから、このままだと変な女に引っかかるんじゃない？」

「ひどいなぁ、銀子《ぎんこ》さん。そんなことないっすよ」

「そんなことあるって。そうなる前にうちの子から好きなの選んだらどうだい？　どの子もあたいに似てなかなか可愛《かわい》いだろ？」

「ぶっ！」

俺は思わず吹いた。

「四人もいるから、別に二人や三人でも構わないんだけど、さすがに法律上マズいからね。一人だけにしておきなよ」

「そういう問題じゃないっすよ！」

「…………」

「…………」

「…………」

「…………」

四姉妹全員、赤くなって押し黙っている。

銀子《ぎんこ》さんマズいって！　滅茶苦茶《めちゃくちゃ》気まずくなったじゃないか！　これ、母親の発言じゃなくて、酔《よ》っ払《ぱら》い親父《おやじ》の言い草だろ！

「ほらほら、銀子《ぎんこ》さん。お酒が進みすぎているんじゃないのかな？　みんな困ってるじゃないか」

「えー、まだまだ飲み始めだって」

「末晴《すえはる》くん、ごめんね。最近銀子《ぎんこ》さん忙しかったから、お酒久しぶりで。酔いが回るの早いみたいだ」

「いえいえ、気にしないでください」

時計に目をやると、ちょうど九時になろうとしているところだった。

「いい時間なんで、俺、帰ります。夕飯ごちそうさまでした」

「あ、ハル。そういえば部活のことで話が」

「ん、何だ？」

「家まで送るよ。たいしたことじゃないから、その間にでも」

「そうか？　わかった」

家まで送るといっても隣だ。普通なら女の子に送ってもらうなんてありえないが、夜道の危険はない。

そういうわけで、二人で志田《しだ》家を出た。

今日ずっと降っていた小雨《こさめ》はやみ、星空が見えている。

よかった、この調子なら明後日はいい天気になりそうだ。

「クロ、部活のことって何だ？」

俺の家には一分とかからず着いてしまう。

なので俺は志田《しだ》家の玄関を出たところで立ち止まった。

「ごめん、それ嘘《うそ》」

「はぁ⁉」

驚く俺を無視し、黒羽《くろは》はスス―ッと近寄ってくると、自然な動作で俺の腕にしなだれかかってきた。

「⁉」

秋も深まり、寒さを感じるようになってきた今、黒羽《くろは》から伝わってくる体温は恐ろしいまでに存在感を示し、俺をドギマギさせる。

「く、クロ、ここ玄関出たばっかりだぞ……っ！」

「あたし、ハルの〝おさかの〟だもん。少しくらいイチャイチャしてもいいじゃん」

「っ～～」

強烈――ツッツ！

黒羽《くろは》の攻撃があいかわらず凄《すさ》まじい……。脳みそをかき回されているようなインパクトがある……。いい匂いもするし……ダメだ、何だかクラクラしてきた……。

「なのにあんまりハルと二人きりになれないし。さすがにこの時間からハルの家には行けないし。だからちょっとだけ」

うっ、なんていう背徳感だろうか——

先ほどまで黒羽《くろは》の両親や妹たちと一緒にいた。笑顔で談笑していた。

なのに玄関を出て数秒のところで俺たちは触れ合っている。リビングから笑い声が聞こえている。

家庭の温《ぬく》もりが感じられる場所で、非日常的な淫靡《いんび》な空気。しかも夜とはいえ、いつ人が通りかかってもおかしくない、道端。

……ヤバい。

ヤバいヤバいヤバい……。

こんな場所ではダメだと思うほどに鼓動は加速し、同時に目眩《めまい》にも似た陶酔を感じてしまう。

黒羽《くろは》は俺の手を滑るように摑《つか》み、指の間に指を絡《から》め、そして——

関節を極《き》めてきた。

「いだだっっ！」

ど、どういうこと⁉　いい雰囲気じゃなかったの⁉

っていうか、あかん！　指が危険な角度まで曲がってるって……っ！

「く、クロ、いきなり何を……っ！」

　俺が痛みをこらえつつ尋ねると、黒羽《くろは》は関節を極《き》める力を強めてきた。

「え？　わからない？　ホントに？」

「いだだっ！　いや、マジでわかんないって！　せ、せめてヒントを……っ！」

「――ファンクラブ」

　俺は即座に土下座した。

「すいませんでした……」

「……言うことはそれだけ？」

「調子に乗っておりました……」

「別にー？　〝おさかの〟の関係は他の人とデートしてもいいから～？　あたしがハルを止める権利なんてないんだけど～？」

　と言いつつ、思いきり不満そうだ。

　ため息を一つつき、黒羽《くろは》は俺の手を引っ張って立たせた。

「それでもやっぱり〝おさかの〟になったばかりだから……ちょっと寂しいな、って」

　ぐぐぐっっ！　すっごい罪悪感！

　そう言われるのが一番きつい。完全に浮気《うわき》をしてしまった男の心境だ……っ！

「ファンクラブの子たちと会う約束、しちゃったの？」

「うっ……は、はい……してます……」

「いつ？」

「明後日《あさって》の土曜、です……」

「集合時間と場所は？」

「渋谷《しぶや》、モヤイ像前に十時です……」

「ふーん、そうなんだ……」

く、苦しい……。

怒られているわけじゃないが、淡々とした言葉の圧力が俺の心臓を絞り上げている。もしかしたら浮気《うわき》をした人が証拠写真を突きつけられているとき、こんな気分になるのかもしれない……。

「あ、あのー、やっぱり断ってきます……」

こんな圧力に俺はもう耐えられない……。

せっかく黒羽《くろは》が告白してくれたのに、ファンクラブができたからって、さすがに調子に乗りすぎていた……。反省し、予定をキャンセルしなければならないだろう……。

しかし――

「そこまですることないんじゃない？」

不思議なことにケロッとした表情で黒羽《くろは》は言った。

「今回の集団デート、えっちゃんも来るんでしょ？」

「集団デート……」

　うう、そう言われるとめっちゃ悪いことをしている気分になるな！

「そこで引っかからない。来るの？」

「ああ、恵須川《えすかわ》さんも同行するよ」

「なら少なくとも今回は変な雰囲気にならないと思うし。せっかくファンクラブができたんだから、ファンミーティングとか言うやつ？　一回くらいしてあげなきゃ可哀《かわい》そうかなって」

「お、おおっ！　そうだよな！　ファンミーティングしないと可哀《かわい》そうだよな！」

「何で元気になるの？」

「そ、そんなことないぞ？　俺、実は病弱だぞ？」

　我ながら謎の弁解をすると、黒羽《くろは》は深々と嘆息した。

「節度さえ守ってくれれば、怒らないから。ただね、寂しいと思ってるのは事実なんだよ？」

「ぐっっ！」

　心臓に悪い……。

　外に出てちょっと黒羽《くろは》と話しただけなのに、嬉《うれ》しくなって、照れくさくて、ドキドキして、関節極《き》められて苦しみ……、罪悪感が凄《すさ》まじく……、あたふたしてばかりだ。

「……ごめんね。ハルが女の子に囲まれていたから、ちょっと嫉妬しちゃった」

　バツの悪そうな笑顔を浮かべる黒羽《くろは》。やはりちょっと寂しさが見え隠れしている。

こんな顔をされたら、俺はこう言うしかない。

「いや、俺が調子に乗ってたのが悪いんだって。明後日《あさって》の集まりは約束したから行くけど、そんなに心配しなくていいから」

「ホントぉ？　女の子にデレデレしない？」

「うっ……少しは……するかも……」

「ま、今回は少しくらいなら許してあげる。ハルのこと、信じてるしね」

ニッコリと微笑《ほほえ》む黒羽《くろは》に釣られ、俺も笑った。

「ああ、ありがとな！」

「じゃあ、あんまり長いと家族に勘繰られるし、戻るね」

そう言って黒羽《くろは》は反転した。

「クロ、おやすみ」

「うん、おやすみ、ハル」

そうして互いに背を向け、家に戻った。

よかった、黒羽《くろは》に理解してもらえて。

俺はそう思ったが——考えが甘かったのかもしれない。

「ポッと出の子に取られるなんて……それだけは許せない……」

黒羽《くろは》から集団デートの情報が流されたのは、それからすぐのことだった。

＊

黒羽《くろは》からデート情報を受け取った真理愛《まりあ》は、ベランダで食後のアイスを食べながらしばらく思案していた。

アイスを食べ終わるころに結論が出たため、家の中に戻ってホットラインのグループ〝丸末《まるすえ》晴《はる》ファンクラブ撲滅戦線〟へとメッセージを送った。

『明後日《あさって》にある末晴《すえはる》お兄ちゃんの集団デート、一緒に後をつけませんか？　別に興味がない方は来なくても結構ですが』

すると黒羽《くろは》と白草《しろくさ》、双方からすぐに『行く』との返信があった。

真理愛《まりあ》は集合時間や場所の調整が一区切りつくと、今度は予備用として契約してある携帯電話を取り出してきて、あるところに電話をかけた。

「こんばんは、ジョージ先輩。桃坂真理愛《ももさかまりあ》です。今日はご挨拶ありがとうございました。突然お電話してしまいましたけど、大丈夫でしたでしょうか？」

「ノーッ！　ほ、ホントウに……マリアちゃん⁉」

「ええ、そうです」

「ノーッ！　オーマイガッッ！　カミはいました……」

「少しお願いがあるのですが、お話よろしいでしょうか……？」

「もちろんね！　ナンでもイって！」

「実は……末晴《すえはる》お兄ちゃんがファンクラブの人と集団デートをする情報を掴《つか》みまして……。黒《くろ》羽《は》さんと白草《しろくさ》さんが気になって後をつけるようなのです……。そうなると、この二人がもしかしたら末晴《すえはる》お兄ちゃんのファンクラブの人と、どこかで喧嘩《けんか》になるかもしれません」

「マリアちゃんのシンパイわかるよ！　きっとケンカになるね！」

「なのでこの情報を、黒羽《くろは》さんと白草《しろくさ》さんのファンクラブのリーダーに、こっそりお伝えいただければと思いまして……」

「オーッ……なるほど。もしケンカがハッセイしたときに、フタリのミカタとなってくれるヒトをヨウイしておきたいということね」

「ご明察です。ですがモモは小熊《おぐま》先輩と那波《なば》先輩の連絡先を知りませんし、黒羽《くろは》さんと白草《しろくさ》さんもアドレス交換をしている雰囲気はなかったので」

「タシかにフタリはファンクラブジタイをヒテイしていたから、コウカンしてなかったね。でもどうしてそこまで？」

「お二人は群青同盟《ぐんじょう》の大事な先輩なので」

「マリアちゃんはヤサしいコね……。アイアンダスタン。マカせてホしいね」

「ありがとうございます」

「マリアちゃんもトウジツイく？」

「ええ。末晴《すえはる》お兄ちゃんの嫁はモモと決まっているのですが、哀れな先輩たちに付き合うのも後輩の役目ですので……」

「オーッ、マリアちゃんはケナゲね……」

「いえいえ、そんなことありませんよ。でも……そうですね。言おうか迷っていましたが、実は先輩たちの願いを叶《かな》える案がありまして。できればモモの案と言わず、ジョージ先輩から小《お》熊《ぐま》先輩と那《な》波《ば》先輩に提案してもらえると助かるのですが……」

「おマカせよ！」

…………

………

……

これでよし、と。

真理愛《まりあ》は携帯を切り、新たなアイスを冷凍庫から取り出した。

(黒羽《くろは》さんと白草《しろくさ》さんはファンクラブを受け入れなかった……このアドバンテージを活《い》かさなければ)

もちろんファンクラブがいいことばかりではないことも知っている。二人が受け入れなかった理由もよくわかる。

しかし今のように情報交換や裏工作など、積極的に引き受けてくれる人材は得難《えがた》い。

ただし、関わり方には注意が必要だ。

そのさじ加減を間違えないよう、真理愛《まりあ》はジョージ先輩の評判を玲菜《れな》に依頼して探ってみた。

玲菜《れな》は突然の依頼なのに友人料金で引き受け、すぐに回答をくれた。

その結果——実は評判が非常にいい人だった。

『ジョージ先輩は口調こそ突飛でファンキーな雰囲気ではあるものの、アニメ研究部で部長を務めていたときは、しっかりと部員をまとめ、慕われていたらしいっス。友人関係も良好で、最初はファンキーさに驚いていた周囲も、今ではすっかりなじみ、オモシロ留学生的なポジションで親しまれているみたいっスね』

また一応、小熊《おぐま》と那波《なば》についても軽く玲菜《れな》に聞いてみたところ、

『あっしの感触では、二人ともアホなだけで有害な人ではないっス。少なくとも、ファンクラブ設立前からプレファンクラブみたいな集まりをしていたけれど、志田《しだ》先輩や可知《かち》先輩には声をかけてないっス』

とのことだった。

だとすると、二人が語っていた——

『おれたちの目的は、志田《しだ》さんの幸福にある！　志田《しだ》さん、今後何かあればいつでも呼んでくれ！』

『……お前に尽くし、お前に傅《かしず》く者たちが揃《そろ》っている……何でも命じてくれ……』

のセリフは本当に率直な気持ちだったと見てもいいかもしれない。

（それならば、集団デートに引っ張り出したほうが都合がいいですね……。変な人たちであればさすがに黒羽《くろは》さんや白草《しろくさ》さんに合わせる顔がありませんが、節度をわきまえたファンであれば悪いようにはならないでしょう……。モモはジョージ先輩を通じてファンクラブリーダーたちを動かせる立場にありますし、打てる手は多いほうがいいですしね……）

とはいえ、これだけカオスになると、収拾がつかなくなる可能性もある。

「まあ、それも悪くないですか……。一応、いろいろなケースをシミュレーションしておいたほうが良さそうですね……」

真理愛《まりあ》は頭をすっきりさせるため、風呂場《ふろば》に向かった。

＊

小説のアイデアが煮詰まった際、白草《しろくさ》にはシャワーを浴びてさっぱりする習慣があった。

可知《かち》家には設備の整った浴室があるのだが、軽くシャワーを浴びるには『広すぎる』『そこまで行くのが面倒くさい』といった理由から、白草《しろくさ》は自室に備え付けられたシャワールームをよく利用していた。

そして今、執筆をしているわけではなかったが、頭が煮詰まってしまったため、シャワーを浴びていた。

（スーちゃんがファンクラブと会うのは、明後日《あさって》の土曜……）

イライラしていた。さっきはむしゃくしゃして、スーちゃん人形を思わずサッカーボールキックで壁まで吹っ飛ばしてしまったくらいだ。

「スーちゃんのバカ……」

ファンクラブの女の子に囲まれていたときの末晴《すえはる》の表情。あれを思い出すだけで血圧がすぐさま急上昇してしまう。

「スーちゃん、何であんな子たちにデレデレするのよ……」

白草《しろくさ》は那波《なば》と名乗る男が自分のファンクラブのリーダーだと挨拶してきたことを思い出した。

（ダメ……。ああいうのは性に合わない……）

思い出すだけで鳥肌が立った。容姿が生理的にダメとか、性格が合わないとかいう以前に、見知らぬ人から強い好意を持たれること自体が気持ち悪い。

腹の底でどんなことを考えているかなんてわかりはしない。かつて自分をいじめた人たちの中には、最初はヘラヘラして近づいてきた場合も多かった。

人から好かれたいなんて思わない。本当に大事だと思える人が数人いればいい。

「はぁ……」

思わず吐息がこぼれる。自分の考え方が偏屈だとは思うが、こういう考え方のため、末晴《すえはる》が見知らぬ女の子にデレデレすることが理解できなかった。

（志田《しだ》さんや桃坂《ももさか》さんにデレデレするのは……まだ理解できる）

憎らしいが二人ともそれぞれに、私にはない魅力がある。私の知らないスーちゃんとの思い出も持っている。もちろんトータルの魅力、好感度、何より『初恋の人』という特別な地位も加味すれば、私がダントツ最強に完全無欠で圧勝していることは疑いないけれども。

（そう、だからあの二人には百歩譲るとして……いえ、千歩譲るとして……万歩……億歩……そもそも譲る必要なんてどこにあるのかしら？　まったくバカなことを考えてしまったわ）

長い黒髪が身体《からだ》に張り付いている。シャワーの温度をかなり低めにしているのに、脳は熱を持ち、まったく冷却されない。

「バカバカバカバカ……」

頭を冷やすためにシャワーを浴びたはずが、閉所のためか意識が内に向き、ついネガティブなことばかり考えてしまっている。

白草《しろくさ》は深呼吸をした。そうして呼吸を整え、よかったことを思い出そうとした。

『俺は素直なことが大事なことだと思っているんだ。シロは素直になれなくて、自分で自分の首を絞めているように俺には見える』

沖縄《おきなわ》でスーちゃんはそう言ってくれた。そして実際、素直になったらうまくいった。

どうしよう。この不満も素直に表現していいものだろうか。

素直に不満を伝えてみてもいいかもしれない。もちろんタイミングは見計らわなければならないけれども。

「………」

正直、不満を口にするのは怖い。うざい女、面倒くさい女、うるさい女、そんな風にスーちゃんに思われたら生きていけない。

でも志田《しだ》さんや桃坂《ももさか》さんは平気で踏み込んでいる。特に志田《しだ》さんは散々スーちゃんを怒っている。言い争いもしている。そして私はそんなやり取りを正直羨ましく思っていた。

そうか、次のステップはそこかもしれない。

(これは大事なステップだ……)

リスクがある。同じ言葉でも、言い方一つで印象がだいぶ変わりそうだ。慎重な対応が必要となってくる。

男女が付き合ったとき、そして結婚したとき、生涯にわたって喧嘩《けんか》しないなんてありえないだろう。王様と見初められた庶民の娘、みたいな相当な上下関係があれば別かもしれないけれど、そんなのは特殊過ぎる例だ。今後私とスーちゃんが付き合った際、いずれ喧嘩《けんか》をするときがくると考えるのが自然だろう。

ならばやはり踏み込むことが必要だ。不満を口にしたり、互いに許したり、そうしたすり合わせ作業ができるようにならなければならない。

「……よしっ」

白草《しろくさ》は蛇口をひねり、シャワー室を出た。

シャワーのおかげか、頭はすっきりしていた。

「シロちゃん、少し休憩しませんかー？　オレンジジュース持ってきましたよー？」

ネグリジェに着替えたところでドアの向こう側から声が聞こえてきた。

「ありがと、シオン」

そう言って招き入れた。

夜も深いので紫苑《しおん》はパジャマ姿だ。オレンジジュースと共に、自分用のホットミルクも用意してきていた。

白草《しろくさ》はオレンジジュースを飲みつつ、雑談代わりに今日部室であったことを話した。

紫苑《しおん》は一通り聞き終えた後、近くに置いてあったスーちゃん人形バージョン3（妄想を元に作った中学生バージョン）を拾い上げ、首を絞めた。

「シロちゃんのファンクラブゥ？　那波《なば》さんか……ちっ、身の程知らずが……勝手なことしやがりやがって……ぶち殺してあげましょうか……」

「ちょっっ！　スーちゃん人形にひどいことしないでっっ！」

白草《しろくさ》は慌ててスーちゃん人形を救出したが、紫苑《しおん》の怒りは収まらず、ふ～ふ～となっていた。

「言っておくけど、シオン。余計な手出しは厳禁よ。私、ファンクラブはもう断ってるし、これくらいの対応、私だけで十分なんだから」

「……まあ、シロちゃんがそう言うなら」

「それよりファンクラブのリーダーの人たちのこと、シオンは知ってる？　今後また近づいてくるかもしれないから、知っているなら聞いておきたくて」

紫苑《しおん》はさらりと言った。

「小熊《おぐま》さんと那波《なば》さんは知ってますよ。去年同じクラスでしたから」

「どんな人？」

「バカですね」

元も子もない論評だった。

「小熊《おぐま》さんは見た目のごっつい印象のままで、みんなで『がはは』ってやってる体育会系バカです。那波《なば》さんは多少イケメンという評価もありますが、あのロン毛にはドン引きしている子が多かったですね。何だかいつも『フッ……』とか言ってカッコつけてるところが最高にバカでした」

「じゃあ嫌な人たちなんだ」

「いえ、バカなだけで嫌な人ではないですよ」

白草《しろくさ》は思わず瞬《まばた》きをした。

「え、そうなの……？」

「小熊《おぐま》さんは暑苦しいけど頼れる兄貴分としてクラスのまとめ役をやっていました。確かそういう面を買われて今、野球部のキャプテンをしているはずです」

「じゃあ那波《なば》のほうは？」

「実は去年、学校の帰り道で、捨てられて雨に打たれている子犬を見つけ、傘を捨てて段ボールごと抱えて家に帰っている那波《なば》さんの姿が目撃されていまして。クラスの女子の間では『ロン毛はヤバいけど、根はいい人っぽい』という評価で固まりました」

「なんであれで二人とも異常なほどいい人そうなのよ……」

紫苑《しおん》は歯に衣《きぬ》を着せない。とても率直な意見を聞かせてくれる。ただ男嫌いなのでそれを考慮して聞かなければ……と白草《しろくさ》は身構えていたが、この評価なら相当な高評価と言っていいだろう。

ちなみにかつて聞いた末晴《すえはる》の評価は、

『この世に存在することが許されないほどのバカでゴミでクズで、シロちゃんの周りを飛び回るハエですぅ！』

というものだった。

白草《しろくさ》は反省した。ファンクラブの人たちにはドン引きしてしまったが、もう少し冷静に見る必要があるのかもしれない。

「あ、じゃあ生徒会副会長……恵須川橙花《えすかわとうか》って子のことは知ってる？」

「⁉」

驚くほど紫苑《しおん》は身体《からだ》をビクつかせ、背筋を伸ばした。

「どうしたの……シオン？」

「いえ、何でもないです〜」

「じゃあ何で目を逸《そ》らすの？」

「何でもないです〜」

んん……怪しい。

口笛を吹く紫苑《しおん》を見て、ちょっと探ってみようと思う白草《しろくさ》だった。

# 第二章　カオス・デ・デート

＊

土曜の渋谷《しぶや》は当然のごとく大勢の人出で賑《にぎ》わっていた。

天気は快晴。暑さもすっかり収まり、長袖で歩くにはちょうどいい気温だ。絶好のデート日和と言っていいだろう。

俺は自分の服を見た。

シンプルなロングTシャツにスキニーパンツなのだが、これでも昨日アパレルショップからしつこく哲彦《てつひこ》に画像を送り付け、『クソ』と十回ほど言われたあげく、『ギリあり』と回答のあった格好なのだ。

まあ他意はないが、黒羽《くろは》以外の女の子と外出なんて、沖縄《おきなわ》旅行を例外とすればまったくないし？　特に今回はたくさんの女の子が来るからやはり身だしなみはしっかりしないとね？　本当に他意はないんだけどね？

まだ誰も来ないので、俺はそわそわしつつ、服を整えたり妄想をしていたりすると、ホットラインにメッセージが届いた。

──黒羽《くろは》からだ。
『信じてるからね！』
………………………………………………胸が痛い。
罪悪感凄《すご》いな……。しかし黒羽《くろは》、なんて絶妙なタイミングで──
ん？　絶妙なタイミング……？
俺は素早く返信した。
『クロ、渋谷《しぶや》に来てるのか？』
すぐさま返事が来た。
『どうして？　行ってないけど？』
……………。
少し悩み、俺は碧《みどり》にメッセージを送ってみた。黒羽《くろは》がどこにいるか、だ。
返信は速攻で来た。
『クロ姉ぇは外出してる。場所は知らん』
……………。
これは……来てるか……？
こっちか！
俺は瞬時に首を反転してみた。

柱や建物の陰を重点的に探る。

……いないか。まあ、いないことの証明にはならないけれど。

俺がなおもキョロキョロ周囲をうかがっていると、背後から声がかかった。

「丸《まる》、すまない。全員が集まるのを待っていたら遅れた」

「恵須川《えすかわ》さん」

恵須川《えすかわ》さんは身体《からだ》のラインのしなやかさがわかるパンツルックだ。派手さはないが、清潔感があって動きやすそうな感じが彼女らしい。

「丸《まる》先輩！」

「丸《まる》くん！」

恵須川《えすかわ》さんの背後から女の子が四人現れた。彼女たちが今日の同行者のようだ。

ファンクラブ自体は十人以上いるとのことだが、全員を呼ぶと収拾がつかない。ということで時間の都合がついた女の子の中で抽選し、見事当選した子が今日来ているらしい。

「凄《すご》い！　私服って新鮮！」

「いつもよりカッコいいですよ、先輩！」

「うれし～！　丸《まる》くんの横、取った！」

「何抜け駆けしてるのよ！」

「おいおい、丸《まる》が困っているだろ。そんなに引っ張ったら……」

恵須川《えすかわ》さんがまとめようとしてくれるが、暴走気味の女の子たちは止まらない。

「ははっ、恵須川《えすかわ》さん、いいよ。大丈夫だから」

「そうか？」

「ああ。それで行くところは任せてって言われてたけど、今日はまずどこへ行くんだ？」

俺は苦笑いで言いながら、心の中でこう思っていた。

――超楽しい！

えっ、なにこれ⁉　こんな楽しいことあっていいの⁉

凄《すご》い！　みんな可愛《かわい》い！　なのに俺を取り合ってる！　可愛《かわい》い！　いい匂い！　俺をにらんでこない！　めっちゃ褒められる！　可愛《かわい》い！　サイコーッ！　モテてる俺！

ふふふ、困ったなぁ……俺の身体《からだ》は一つしかないのに……。

まあね、黒羽《くろは》も『行ってくれれば？』って言ってくれていたしね？　身体《からだ》は売っても心は売らない（?）からね？　だーいじょーぶだーいじょーぶ！　ぐふふふふっ……。

「じゃ、じゃあ行くか？」

恵須川《えすかわ》さんが心配そうに見つめてくる。

俺は気がつかなかったことにし、女の子との談笑を始めた。

＊

「ハ〜ル〜っっ！　デレデレしちゃって〜っっ！」

　建物の陰から末晴《すえはる》の様子を観察していた黒羽《くろは》は、奥歯をギリギリと鳴らした。

「二人とも、そう思うでしょ？」

　黒羽《くろは》は共感を期待して振り向いた。

　しかし——なぜか予想と様子が違っていた。

「スーちゃん、随分とデレデレしちゃって……いいご身分ね？　……これはダメね」

　白草《しろくさ》は何やらぶつぶつ口の中でつぶやいている。長い黒髪を帽子の中に隠し、伊達《だて》メガネという軽い変装をしているため、完全に危ない人だった。

「可知《かち》さん？　何やってるの？」

「スーちゃん……私だけを見て！　……これはやりすぎね。じゃあ短く、めっ！　とか。……ちょっと子供をしかるみたいでよくないかしら……いいえ、それがむしろいいかも……？」

「…………」

　自分の世界に入ってしまっている白草《しろくさ》はそのままにしておくことにし、黒羽《くろは》は真理愛《まりあ》に目を向けた。

すると――

「……よしっ、いい角度で撮れました。完璧ですね」

真理愛《まりあ》は白草《しろくさ》よりさらに完全武装だ。伊達《だて》メガネではなくサングラスであり、髪もお団子にしていて、さすがに一発で真理愛《まりあ》とはわかりづらい。ただ……サングラスは大人の女性がするようなスタイリッシュな格好なら似合うが、真理愛《まりあ》は可愛《かわい》らしい服を着ているので、サングラスだけ浮いている。

真理愛《まりあ》は自分の顔さえ割れなければいいらしく、高級そうな一眼レフを片手に、末晴《すえはる》の写真を撮りまくっていた。

「モモさん、何やってるの？」

「わかりませんか？　写真を撮ってるんですよ」

「それはわかってるんだけど、何のために？」

「何かあったとき、証拠が多いほうが有利じゃないですか？」

「発想が怖い」

そんなことを話している間に末晴《すえはる》たちは移動を始めていた。

「可知《かち》さん、追わなきゃ」

「はっ」

白草《しろくさ》が我に返る。

「いつの間に！　卑怯《ひきょう》な……っ！」

「あたし、突っ込まないから」

「それもう突っ込んでいるのでは。それよりお二人とも、早く追いますよ」

黒羽《くろは》、白草《しろくさ》、真理愛《まりあ》は頷《うなず》き合うと、警戒しつつ末晴《すえはる》の後をつけた。

末晴《すえはる》一行はセンター街から井《い》の頭通《かしらどお》りへと歩いていく。

「目的はVR LAND？　いや、ちょっと人数が多すぎるからハンズかな？」

黒羽《くろは》がつぶやくと、白草《しろくさ》と真理愛《まりあ》は首を傾《かし》げた。

「志田《しだ》さんは何を言っているのかしら？」

「いえいえ、白草《しろくさ》さん。モモでも意味はわかりますよ。VR LANDは遊ぶ店、ハンズは買い物をする店ですよね？」

「ざっくりすぎる！」

黒羽《くろは》は頭を抱えた。

「東京に家があって、何で知らないの⁉　モモさんは渋谷《しぶや》に事務所があったでしょ⁉」

「黒羽《くろは》さん、モモは小学生のころから女優。迂闊《うかつ》に歩けないんですよ。暇だったころは貧しかったですし」

「あっ、そっか……ごめん」

「何より一緒に行く友達がいないので！」

「何で自信満々に言うの⁉　意味わからないんだけど⁉」

白草《しろくさ》が伊達《だて》メガネを中指で押し上げた。

元々作家だけあって、メガネをかけるとかなり知的に見える。また私服だと大人っぽさが増し、スタイルの良さも強調されている。

「まったく志田《しだ》さんはカルシウムが足りてないんじゃないかしら？」

「誰のせい⁉　可知《かち》さんはモモさんよりももっとわかってなかったよね⁉」

「渋谷《しぶや》なんて穢《けが》れた男女が声を掛け合い、毎夜サバトのようなパーティーを開いて享楽にふけるおぞましい街でしょう？　知ってどうするの？」

「偏見がひどい！」

黒羽《くろは》はさらに頭を抱えた。

「可知《かち》さんって大良儀《おおらぎ》さんと友達なんだよね？　彼女は何か言わなかったの？」

「この情報はシオンがネットで調べて教えてくれたものよ」

「情報源はそっちだったか！」

大良儀《おおらぎ》さんが渋谷《しぶや》の怪しげな情報を提供したのは意図的か天然か。

どちらの可能性もありそうで、黒羽《くろは》は頭が痛くなってきた。

「あ、お二人とも。末晴《すえはる》お兄ちゃんたち、何だか洒落《しゃれ》た建物に入っていきましたよ。あれは……服屋さんですか？」

四階建ての建物で、全面が透明なガラスのおかげで内部がよく見える。

「ああ、ベルエポック。普通の服屋さんよ。ということは、ウィンドウショッピングってことかな？」

「『ウィンドウショッピング……』」

白草《しろくさ》と真理愛《まりあ》の声が低くなる。

「私、スーちゃんとまだウィンドウショッピングしたことないのに……」

「そういえばモモも末晴《すえはる》お兄ちゃんと一緒にいたのは現場ばかりで、買い物に行った覚えが……」

「あ、そうなんだ～」

黒羽《くろは》はニマニマと完全勝利の笑みを浮かべた。

「ま、しょうがないよね～。二人とも、ハルとはその程度の付き合いだもんね～。あたしなんか毎シーズンごとにハルに付き合ってもらっているし？　むしろ服に迷ったハルに、あたしがコーデしてあげたりしてるし？　あ、自慢に聞こえちゃった？　ごめん、自慢じゃないんだよ？」

「この女っっっ！　八つ裂きにして欲しいのかしらっっっ！」

「ふっふっふ……黒羽《くろは》さん、煽《あお》ってくれるじゃありませんか……。モモ、売られた喧嘩《けんか》は必ず買うタイプですよ……。覚悟して言っているんですよね……」

三人でにらみ合う。

すると、どこからか声が聞こえてきた。

「あれ、マルちゃんの幼なじみの志田《しだ》ちゃんじゃない?」

「!?」

黒羽《くろは》は思わず頰に手を当てた。

真理愛《まりあ》は誰もが知る女優。白草《しろくさ》もテレビに出たことがある文化人。

だが黒羽《くろは》自身、まさか自分の顔が世間に知られているレベルにあるとは思っていなかった。

「え、群青《ぐんじょう》チャンネルの?」

「あれ、一緒にいるのってもしかして――」

ささやきは広がっていき、行き交う人の足が止まっていく。

「黒羽《くろは》さん、こっちに」

真理愛《まりあ》が手を引いたので、黒羽《くろは》は一緒に走り始めた。白草《しろくさ》もすぐ後ろをついてくる。

そして少し行ったところの建物に入り、身を潜めた。

「……思ったより群青《ぐんじょう》チャンネルは認知度が上がってきているようですね」

黒羽《くろは》は誰もついてきていないことを確認し、深く息を吐きだした。

「ホント、びっくり」

「黒羽《くろは》さん、これ予備として持ってきたものですが、使ってください」

真理愛《まりあ》がポシェットから出してきたのは帽子と伊達《だて》メガネだ。

「あたしが変装をしなきゃいけないなんて……」

「最初は戸惑うかもしれないけれど、すぐに慣れるわよ」

白草《しろくさ》の優しいセリフは珍しいなと思った黒羽《くろは》だったが、そういえば以前、自分も末晴《すえはる》と哲彦《てつひこ》の喧嘩《けんか》にすぐ慣れると声をかけたことを思い出した。

「そうね。ありがと。それよりハルたちを追わなきゃ」

「店に入るところは確認してますので、おそらくまだ出てないはずです」

「さっきより慎重に行くわよ」

頷《うなず》き、歩を進めた。

渋谷《しぶや》で目立つ行動をして騒がれれば、末晴《すえはる》を追えなくなる。それでなくても女子高生が三人集まって三人ともメガネをかけているというのは、ちょっと珍しい光景だ。気をつけなければならない。

――なんていう共通認識が三人にできていたのだが。

「あ～、やっぱりこっちのアクセのほうが末晴《すえはる》先輩には似合ってますよ～」

「ううん、すえちゃんにはこっちっしょ！　みんなでお金出し合うんだからさ、もう少し高いのでも大丈夫だって！」

「ね、ね、すーぴん？　このシャツ当ててみて？　似合うと思うんだ～？」

「なはははは～。そうかな～？　みんな優しいなぁ～」

「「「…………」」」

三人は眉間に皺《しわ》を寄せ、押し黙った。少し見ない間に末晴《すえはる》とファンクラブの女の子たちは随分と打ち解け、距離がぐっと縮まっていた。

「あたしなんて優しくないよ～！　あれ、もしかして志田《しだ》さんって、いつも厳しいの？　確かにキチッとしすぎてて融通利《き》かない雰囲気ある～」

「可知《かち》さんは思い通りにならないとすぐ不機嫌になるっぽいよね～」

「っぽい～。あと桃坂《ももさか》さんはおねだりが凄《すご》そう～」

「そそ、そんなことないぞ？　クロもシロもモモも、みんないい子だぞ？」

「すーぴん、やさし～っ！」

「あはは、慌ててフォローしなくても大丈夫だって～」

黒羽《くろは》はこめかみを引きつらせた。

「何よあれ。もしかしてみんなでお金を出し合って、記念アクセサリーをハルに贈るつもり？　発想自体がイラっとくるんだけど」

「すーぴんって呼び名、最低ね。地獄で鬼にゆでられるべきだわ」

「セリフと顔、覚えました。きっちり後で人物ファイルにまとめておきますね」

「――ひっ！」

陳列された服たちの陰に隠れて闇のオーラを発する三人の少女たち。

通りすがりの者たちはたじろぎ、これは関わってはいけないと察知。皆、少し距離を取って迂回《うかい》していた。

「これは……動かざるを得ませんね」

黒羽《くろは》はそっと真理愛《まりあ》が離れたことを見逃さなかった。

こっそり追うと、真理愛《まりあ》はエレベーター付近まで移動し電話をかけていた。

黒羽《くろは》は死角から真理愛《まりあ》の声に耳を傾けた。

「……ええ、そうです。ジョージ先輩…………ぐま先輩に……ええ……お願いします」

怪しすぎる……。

嫌な予感がよぎった黒羽《くろは》は、真理愛《まりあ》が電話を切るのを待って話しかけた。

「何を企《たくら》んでいるの？」

「ああ、黒羽《くろは》さん。気づきましたか」

問い詰めても真理愛《まりあ》はまったく動じなかった。

「共同戦線を張ってるし、ちゃんと話してくれるよね？」

「さぁて、どうしましょうか……」

「ハルの集団デートの情報、あたしからのリークなんだけど？」

「まあそうですね。ちょっと意地悪をしただけです。隠すつもりはありませんでしたよ」

真理愛《まりあ》は何食わぬ顔で黒羽《くろは》の前を通り過ぎ、白草《しろくさ》のところへと向かう。

「とりあえず見ていてください」

「……わかった。お手並み拝見かな」

「あの女、スーちゃんにベタベタして……っ！」

ひたすら殺意を放つ白草《しろくさ》の肩を叩《たた》き、真理愛《まりあ》は唇に人差し指を当てて黙るよう指示した。

と、そのとき——ある男が末晴《すえはる》に乱暴にぶつかった。

「おいおい！　何しやがるんだ！」

「………え」

黒羽《くろは》は瞬《まばた》きをした。

何だろう、このわざとらしい感じ。これ、もしかして、よくあるあれだろうか。普段めったにあるはずがないのに、なぜかここぞってタイミングで因縁つけられる、あの王道イベントだろうか。

黒羽《くろは》はジト目で真理愛《まりあ》を流し見たが、真理愛《まりあ》は楽しみにしていろとばかりに笑っている。

しかもぶつかった男の子、見たことがある。

（あれって……確かあたしのファンクラブのリーダーって言ってた……）

そう、小熊《おぐま》と名乗った同級生の男の子だ。

ファッションセンスがひどい。なんていうか、こう、世紀末を舞台にした作品でモヒカン頭の人たちが着ているような革をメインとした服だ。

小熊《おぐま》は筋肉隆々であり、身長も高い。そのためなかなかインパクトと迫力がある。

……が、小熊《おぐま》が黒羽《くろは》にファンクラブの話をしたとき、末晴《すえはる》も同じ場にいた。そのためすぐに相手が誰だか気がついたようだった。

「お前、確か小熊《おぐま》とかって……」

「んなことどーだっていいんだよ！　俺の右手がいてぇんだよ！　どう落とし前つけるんだよ！」

周りが騒がない程度の、絶妙な威嚇。末晴《すえはる》のファンクラブの女の子たちは恐れおののき、『誰か呼んだほうがいいんじゃ……』と囁《ささや》き合《あ》っている。

その中で一人だけ例外がいた。

「君は二―Hの小熊《おぐま》だな。野球部のキャプテンもやっている君がどうしてこんなことを」

「あんたには用がねぇんだよ」

小熊《おぐま》は橙花《とうか》を押しのけ、あくまで末晴《すえはる》を威嚇する。

「あぁん、なんか文句あるのか？　まあ慰謝料までは請求しないでおいてやる。でもさ、謝罪は必要だよな？　例えばそう、土下座とかな？」

「ちっ……」

末晴《すえはる》は舌打ちをしてにらみつけた。

　そんな二人を横目にしつつ、黒羽《くろは》は尋ねた。

「モモさん、あれモモさんの仕込みだよね？」

「ええ、そうです。小熊《おぐま》先輩には『黒羽《くろは》さんの望みだ』と言ったらすぐにご協力いただけました」

　黒羽《くろは》は頬をひくつかせた。

「あたしの名前、勝手に使わないでくれる？」

「共同戦線を張っているんだからいいじゃないですか。黒羽《くろは》さんの望み、というのは嘘《うそ》ではないですし」

「どの辺りが？」

「小熊《おぐま》先輩の行動は、末晴《すえはる》お兄ちゃんを貶《おとし》めるものです。学校の中とかならいざ知らず、こんな街中のお店で末晴《すえはる》お兄ちゃんが土下座をしたら、ファンクラブの子たちはどう思います？愛想《あいそ》を尽かすと思いませんか？」

「なるほど」

　白草《しろくさ》が感嘆の声を上げる。

　より深く真理愛《まりあ》が解説した。

「ファンクラブを解散に追い込み、二度と復活させないためには、大きな方向性として『末晴《すえはる》お兄ちゃんを貶《おとし》め、ファンクラブの子たちが愛想《あいそ》を尽かす』か『末晴《すえはる》お兄ちゃんがファンクラブの子たちと関わりたくないと思う』かのどちらかでしょう」

「だから桃坂《ももさか》さんは小熊《おぐま》を差し向けたのね。悪い策じゃないわ」

「悪手よ」

白草《しろくさ》の意見を黒羽《くろは》は真っ向から否定した。

「二人とも読みが甘すぎる。モモさんの言う方向性は理解できるけど、これは完全に悪手。早く連絡して小熊《おぐま》くんを戻したほうがいい」

「黒羽《くろは》さん、自分のファンクラブのリーダーが凶行に及ぶことで、とばっちりが自分に来ることを懸念《けねん》してそう言うのはわかりますが——」

「——ちょっと待って、モモさん。とばっちりって、それはまったく気づいてなかったんだけど……どういうこと？」

真理愛《まりあ》はスーっと視線を逸《そ》らすと、可愛《かわい》らしく小首をかしげて微笑《ほほえ》んだ。

「ごまかせてないしごまかしなんか許さないから」

「あっ、スーちゃん……っ！」

白草《しろくさ》のつぶやきで黒羽《くろは》と真理愛《まりあ》は末晴《すえはる》に視線を移した。

なかなか土下座をしようとしない末晴《すえはる》にキレて、小熊《おぐま》が胸倉を摑《つか》んだところだった。

「てめぇ、さっさと土下座しやがれ！」

だがそのとき、末晴《すえはる》の目に火がついた。

黒羽《くろは》は知っている。末晴《すえはる》の中で〝スイッチ〟が入った証拠だ。

末晴《すえはる》は小熊《おぐま》の胸倉を掴《つか》み返《かえ》すと、先ほどの小熊の言葉をコピーしたかのように言った。

「――てめぇ、さっさと土下座しやがれ！」

瞬間、周囲は騒然とした。

「え、何、今の……」

「おんなじだ……」

まったく同じセリフ、口調、声だった。

ファンクラブの女の子たちは驚愕《きょうがく》し、しばし目が点になっていたが、次第に起こったことが認識できてくるにつれ、歓喜の表情に変わっていった。

「……凄《すご》いっ！　末晴《すえはる》先輩、凄《すご》いっ！」

「すーぴん、カッコイイ！」

「そうだそうだ！　すえちゃんの言う通りだ！　お前が土下座しろ！」

場は一気に大盛り上がりだ。橙花《とうか》のみは冷静で、末晴《すえはる》ファンクラブのリーダーとして騒ぎが大きくならないよう制止しているが、この勢いを止めることはできない。

「うっ……」

小熊《おぐま》は怯《ひる》んでいた。

それも当然だ。今までファンクラブの女の子たちは威嚇に怯《おび》えて大人しくしていたが、橙花《とうか》を除いても四人いる。人数差は圧倒的だ。

女の子たちからの反撃にたじろぎ、小熊《おぐま》は踵《きびす》を返した。

「こら待て！」

小熊《おぐま》を追いかけようとした女の子もいたが、これは橙花《とうか》が止めた。

「へへ～んだ！」

「末晴《すえはる》先輩、今の何ですか？　天才すぎじゃないですか？」

「さっすがスーパースターーっ！」

ファンクラブの女の子たちの評価は急上昇だった。先ほどにも増して熱烈な賞賛とアタックが末晴《すえはる》に降り注ぐ。

「なはははははっ！」

そして末晴《すえはる》は——完全に調子に乗っていた。

「……ほら、言ったでしょ？　悪手って」

黒羽《くろは》がため息交じりに言うと、真理愛《まりあ》は奥歯を噛《か》みしめた。

「今回ばかりは黒羽《くろは》さんの言う通りだった、と認めざるを得ないようですね……。でもどうして悪手と気づいたんですか？」

「ハルはね、プライドはないけど、それは自分だけの場合。誰かが傷つきそうなときは、卑屈になるどころか身体《からだ》を張ってくれるの。あたしがバカにされたことに怒って、ハーディ・瞬《しゅん》社長にワインをかけたところ、見てたでしょ?」

「あっ……」

「確かに……」

白草《しろくさ》と真理愛《まりあ》は押し黙った。

「ハルは女の子のためなら、張り切り度がさらに上がるから。ハルは基本的にカッコをつけないけど、それは『カッコつける』より『楽しませる』の優先度が高いから、笑わせる方向に行きやすいだけ。こういうピンチのときは『楽しませる』って選択肢はないから、張り切ってカッコつけるよ」

「「…………」」

「なはははははっ!」

末晴《すえはる》の高笑いが聞こえてくる。

白草《しろくさ》と真理愛《まりあ》は肩を落とした。

ファンクラブの女の子たちが末晴《すえはる》にシンプルなシルバーネックレスを贈り、にやける末晴《すえはる》が受け取る。

そんな光景を歯ぎしりしながら見ていた黒羽《くろは》たちは、店を出た末晴《すえはる》たちを追っていた。

「時間的にはそろそろランチよね。どうする？　店の中まで追うのは危険だから、あたしたちのお昼はテイクアウトで済ませようか？」

「――いえ、少し待ってください。その前にもう一手仕掛けます」

先ほどの失敗がよぎった黒羽《くろは》は、目を細めた。

「モモさん、今度は大丈夫よね？」

「こちらが本命です。まあ見ていてください」

「心配だわ」

「ホント」

「あっ、来ました！」

看板に隠れつつ、真理愛《まりあ》が指をさす。

その先にいるのは……ハーフらしき金髪の男性だ。長い髪を首の後ろで束ね、うっすらひげを生やしている。年頃は二十代前半か？

遠目からでもわかる。恐ろしいほどのイケメンだ。

「うーん、何だか見たことあるような……」

黒羽《くろは》が首を傾《かし》げると、白草《しろくさ》は吐き捨てた。

「これだからあばずれは。少し顔がいいと見れば記憶中枢の奥にしっかり留《とど》めておくのね。まったく汚《けが》らわしい」

「可知《かち》さんは罵倒するときだけイキイキするんだから……。そういうのじゃなくて、最近、どっかで見たような……」

「さすが黒羽《くろは》さん、よく見てますね。白草《しろくさ》さんは反省してください」

白草《しろくさ》は額に血管を浮き出させた。

「はぁ？　何でそんなこと言われなければならないのかしら？」

「あなたのファンクラブのリーダーですよ、あの人」

「「⁉」」

と、いうことは……。

「あの人、那波《なば》くん……？」

「そうです、黒羽《くろは》さん。あの髪の長～い那波《なば》先輩です」

真理愛《まりあ》はニヤリと笑い、自慢げに鼻を高く掲げた。

「あの人、髪型が気持ち悪いだけで、顔立ちが凄《すご》く整っていることをモモは瞬時に見抜いたのです！　玲菜《れな》さんに確認したところ、どうやらクォーターらしく、金髪が似合うこともそのときひらめきました！」

「それがどうしたのよ」

「白草《しろくさ》さん、先ほどモモは方針を二つ挙げました。『末晴《すえはる》お兄ちゃんを貶《おとし》め、ファンクラブの子たちが愛想《あいそ》を尽かす』ほうは失敗しましたが、もう一つ……『末晴《すえはる》お兄ちゃんがファンクラブの子たちと関わりたくないと思う』が残っています」

「じゃあ那波《なば》を使って、ファンクラブのハイエナどもの卑《いや》しい性根を表に出そうというわけね」

白草《しろくさ》は楽しげに口角を吊《つ》り上《あ》げた。綺《き》麗系《れいけい》の顔のため、悪だくみをしているときは迫力のある悪女風になる。

「……悪くないわ。どんな策を弄するのかしら？」

「あ、接触しますよ。見ればわかりますから」

白草《しろくさ》が看板の陰から身を乗り出す。黒羽《くろは》も帽子を深くかぶり直し、様子をうかがった。

末晴《すえはる》たちが集団となって歩いているところへ、那波《なば》が近づく。そして軽くファンクラブの女の子の一人にぶつかった。

そのまま互いに頭を下げ、それで終わりかと思いきや――那波《なば》は突然狼狽《ろうばい》し始《はじ》めた。

「すまない、この辺りにコンタクトは落ちていないか？」

「!?」

そう言われてはすんなり通り過ぎることはできない。

「一緒に探そう」

校内の秩序を維持していると言われている生徒会副会長の橙花《とうか》らしい言葉に、末晴《すえはる》及びファンクラブの面々は頷《うなず》いた。

しゃがんで皆、一生懸命コンタクトレンズを探す。

「モモさん、もしかして……」

「ええ、ブラフです。まあ出会うきっかけが欲しかっただけですね。この辺りのシナリオは当然モモが考えました」

「桃坂《ももさか》さん、あなたはシナリオライターを目指さないことをオススメするわ。どうもあなたは王道すぎるシチュエーションを好むようだから」

「あたしはシナリオなんてどうでもいいと思うけど、問題は結果が出なさそうなところよ」

「お二人とも、ここからですよ！」

三人が看板を盾にして、ぐぐっと覗《のぞ》き込《こ》む。

密《ひそ》かにコンタクトレンズを隠し持っていたらしい那波《なば》が、あたかも今見つけたかのような仕草で拾った振りをした。

「ああ、あった！」

よかったぁ、と笑い合う末晴《すえはる》たち。

那波《なば》は背中を向けてコンタクトレンズをつけた振りをすると、今度は素晴らしきイケメンスマイルを浮かべた。

「みんな、ありがとう。本当に君たちのおかげだ」

「そんなことないですよ」

代表して橙花《とうか》が応じる。

「いえ、これだけ迷惑をかけたのだから、お礼をさせて欲しい。よければ食事でもどうかな？　もちろん奢《おご》るよ」

とろけるような笑顔に、ほんのり頬を赤らめるファンクラブの少女が現れ始めた。

「あ、でもお邪魔だったかな？　部活の集まり？　それにしては綺麗《きれい》な女の子たちばかりだとは思うけれど」

「やだ～！　そんなことないですよ！」

「そうですって～！」

つい頬が緩むファンクラブの女の子たちとは対照的に、末晴《すえはる》の顔は曇っていく。ちらりとショーウィンドウに映る自分を見てため息をつく姿に、哀愁が漂っている。

これはもしかしてうまく行くのでは――と黒羽《くろは》が思いかけたところで、橙花《とうか》が口を開いた。

「ご厚意ありがとうございます。でも私はお礼はいりません。当然のことをしただけなので」

橙花《とうか》の口調は颯爽《さっそう》としており、皆を冷静にさせるのに十分な落ち着きがあった。

「みんなは行きたければ行くといい。私は丸《まる》のファンクラブのリーダーとして、今日は彼と一緒に過ごすつもりだ。もちろんそちらの食事が終わってから再度合流しても構わないが？」

「恵須川《えすかわ》さん……」

末晴《すえはる》が目を潤ませる。

ファンクラブの女の子たちもこれはマズいと気がついたのだろう。先を争うように口を開いた。

「すいません、今日、やっとファンだった末晴《すえはる》先輩と一緒に食事なのでお断りします！」

「お気持ちはありがたいのですが、見ず知らずの方に付いて行くのは不安があるので」

「すーぴんとの一時間は、他の何物にも代えられないんです！」

「みんな……」

もう彼女たちの瞳に那波《なば》は映っていない。全員我に返り、毅然《きぜん》としている。

それがわかったのだろう。末晴《すえはる》は彼女たちに対し、信頼の眼差《まなざ》しを向けていた。

「それでは失礼します！」

去っていく末晴《すえはる》たちを那波《なば》は追わなかった。あれ以上付きまとっても、誰一人付いてこないことは明らかだった。

予約してある店に行こう、と橙花《とうか》が言うと、みんな和気あいあいに盛り上がった。

会話は絶えることなく、変に末晴《すえはる》を奪い合うこともない。

結果として、この一件がファンクラブの団結を強めてしまったのは一目瞭然だった。

「わりぃ……」

「すまない……」

「本当ですよ。もうちょっとうまくやって欲しかったですぅ」

末晴《すえはる》たちが裏路地にあるイタリアンレストランに入ったのを見計らって、ジョージ先輩が小《お》熊《ぐま》、那《な》波《ば》の両名を連れて謝りにやってきた。

「面目ねぇ、志《し》田《だ》さん……っ！　志《し》田《だ》さんのためにやったつもりなんだが……っ！」

小《お》熊《ぐま》が巨体を縮こまらせ、深々と頭を下げる。

仁王立ちで見下ろす黒羽《くろは》はきっぱりと告げた。

「勝手にあたしのためとか言われても困るだけだからホントやめて。あとあたし、ファンクラブはいらないって言ったと思うんだけど？　ちゃんと解散してね？」

「そ、それは勘弁してくれぇ……っ！　表には出ねぇから……っ！」

「ちなみに表に出ないとして、どんな活動をするつもり？」

「志《し》田《だ》さんの写真を共有したりとか……」

「最っっっ低！　ボツ！」

「うぅ……」

黒羽《くろは》の無慈悲な一撃によって小《お》熊《ぐま》がうなだれる。

一方、那波《なば》のほうも白草《しろくさ》に謝っていた。

「可知白草《かちしろくさ》……今回は失敗したが、もう一度チャンスをくれ……オレはお前の役に立つ……」

「気持ち悪いから近寄らないで」

「うわぁ……」

あまりに冷徹なその一言に、黒羽《くろは》は思わず顔をしかめた。

さぞ那波《なば》はショックを受けているだろうと思って表情をうかがうと――

「ああっ……可知白草《かちしろくさ》……さすがだ……っ！　素晴らしい……っ！」

恍惚《こうこつ》の笑みを浮かべていた。

「モモさん、那波《なば》くんが一番ダメなんじゃない？」

「そうですね、黒羽《くろは》さん。さすがにここまでのM気質とは予想外でした……。まあでも白草《しろくさ》さんにピッタリですよね」

「勝手にピッタリにしないで！　絶対適当に言ってるでしょ！」

「いえいえ、この救いようもないダメダメ感、ちょっと似ていませんか？」

「似てないわよ！」

白草《しろくさ》が怒りを爆発させ、小熊《おぐま》と那波《なば》に去るよう命じる。

那波《なば》はその言葉に喜び打ち震えていたが、小熊《おぐま》が抱えて連れ去っていった。

「それでどうするのよ、モモさん。立て続けに失敗しちゃって」

「正直、このどちらかによって不和が生まれ、お昼までには解散になると思っていたのですが、計算違いでした」

「むしろ仲良くなってるじゃない！」

「まったく素人《しろうと》の浅知恵とはこのことね」

真理愛《まりあ》は口いっぱいにドングリを頬張ったリスみたいな顔になると、そっぽを向いてありもしない石を蹴った。

「ふぅ～ん、そんなこと言うならもういいですぅ～！　せっかくモモが手はずを整えたのに～！　ど～せ、全部モモが悪いんでしょう～？」

「そんなことないよ、マリアちゃん。マリアちゃん、ガンバってたよ」

ジョージ先輩が慰めるが、真理愛《まりあ》はまったく応じない。『ぷっぷくぷーのぷー』という謎の言葉を発し、ジョージ先輩を威嚇するばかりだ。

「ああ、完全にすねちゃったわね……」

「どうする、可知《かち》さん？」

「どうすると言われても……」

黒羽《くろは》と白草《しろくさ》が顔を見合わせたところで、互いのお腹《なか》がぐ～と鳴った。

「あたしたち、何やってるんだろ……」

「みじめだわ……」

しかし互いに『もう帰ろう』の言葉は出てこなかった。ここで帰っても気になるだけだし、何かあれば介入したいという気持ちは変わっていなかった。

「――やっぱりいたか」

「「「⁉」」」

黒羽《くろは》たちが振り向くと、そこにいたのは橙花《とうか》だった。

「や、やばいですぅ……」

そろ～りと死角から逃げようとする真理愛《まりあ》を、橙花《とうか》はダッシュして捕らえた。

「愚か者」

「はーなーしーてーくーだーさーいー」

「逃げなければ離すから」

「わかりました、逃げませんから」

「……逃げそうな顔だな。志田《しだ》、話が終わるまで逃げないよう押さえておいてくれないか？」

「わかったよ、えっちゃん」

差し出された真理愛《まりあ》の首根っこを黒羽《くろは》は受け取った。案の定暴れたが、無視することにした。

橙花《とうか》は肩をすくめて言った。

「とりあえず怒るつもりはない。ただやっぱりな、という感じだ。おかしなことが多かったからな」

「そりゃ気づかれるよね……」

「副会長、許して欲しいとは言わないわ。ただ私たちの事情も考慮して欲しいの」

白草《しろくさ》は真正面から説得に入ることにしたようだ。

黒羽《くろは》は一瞬思案したが、すぐに白草《しろくさ》と連携することにした。橙花《とうか》には下手なからめ手より正面から協力を依頼するほうが有効だろう、と判断したためだった。

「あのね、えっちゃん。あたしたちはそう簡単にファンクラブを認められないの。それはわかってくれるでしょ？」

「そうだな。志田《しだ》の言っている意味はわかっているつもりだ。だから私はランチ後、一緒に回らないか、と提案するつもりで来たんだ」

黒羽《くろは》の手の中で暴れていた真理愛《まりあ》がピタリと止まった。

「お前たちの不安は、ファンクラブへの不信感からきているんじゃないのか？　ファンクラブのメンバーが一ファンとしての節度を守り、お前たちのライバルにならないとわかれば、お前たちも目くじらを立てる必要がないだろう？」

「それならどうして最初からモモたちに声をかけてくれなかったんですか？」

真理愛《まりあ》が不満ありありでつぶやく。

橙花《とうか》は明瞭に告げた。

「ある程度メンバーを満足させてあげなければ、彼女たちは私の提案を受け入れようとしないだろう。午前中に目的のプレゼントを買い、仲も深まった。午後からなら受け入れていいと考える子たちも出てくるだろう」

「な、なるほど……」

「志田《しだ》たちは非常に目立っている。うちのメンバーも君たちの立場や状況はある程度理解しているに違いない。ならば必要なのは話し合う時間だ。事を荒げるのは話してみてからでも遅くはないと思うが、違うか？」

真理愛《まりあ》が小声で離してくださいと言う。

橙花《とうか》の考えを聞いて大人しくなっていたので黒羽《くろは》は大丈夫と判断し、解放した。

真理愛《まりあ》は黒羽《くろは》に耳打ちした。

「まっとうすぎてぐうの音も出ないんですけど」

「だからいい子だって言ったじゃない」

「だからこそ気に食わないですね」

「ハルの悪いところの影響受けてるよね、モモさんって……」

橙花《とうか》はポンっと手を叩《たた》いた。意識を自分に向けさせるためだ。

「それで、どうする？」

「「…………」」

互いに顔を見合わせる。結論はすでに出ていた。

「「「よろしくお願いします……」」」

「よろしい」

橙花《とうか》は生徒会副会長らしい包容力ある笑みを浮かべると、お店の中に戻っていった。

＊

俺がファンクラブの女の子たちと楽しいランチを終えるころ、恵須川《えすかわ》さんから話があった。

「これからなんだが、丸《まる》と同じ群青《ぐんじょう》同盟のメンバーである志田《しだ》、可知《かち》、桃坂《ももさか》の三人も合流することになった」

「「「ええ～」」」

ピアノ曲が流れるイタリアンレストランに不満声が木霊《こだま》する。

「やっぱりクロ、来ていたか……」

と俺はつぶやいたが、そのことには誰も突っ込んでこなかった。

「別にファンクラブじゃないと一緒に遊んではいけないなんてルールはないだろう？」

「そうですけど……」

「午前中にプレゼントを買い、ファンクラブとしての目標は達成した。午後からも丸《まる》と話すことはできる。ひとまずはそれで満足しておくべきだろう。あと彼女たちの参加は、君たちにもメリットはあるはずだ」

「どんなメリットですか？」

「彼女たちと仲良くなれば、群青《ぐんじょう》同盟に顔を出しやすくなるかもしれないぞ？　確か群青《ぐんじょう》同盟は新規メンバーを加える際、現メンバーの多数決によって決めているはずだが……合っているか、丸《まる》？」

俺は頷《うなず》いた。

「ああ。群青《ぐんじょう》同盟はクロたち三人と俺、そして哲彦《てつひこ》の五人での無記名投票で何でも決まるんだ。誰か一人の賛成じゃ加入は無理なんだよ」

「ということは――」

「最低でも女性陣のうち、一人以上の賛成がなければ――」

みんなルールをだいたい理解できているようだったが、念のため補足することにした。

「うちは女子のほうが一人多いから、女子三人が反対したら全部ボツになる。あと拒否権もあるから、誰か一人に強烈に嫌われたら無理だな」

「「「…………」」」

この話をした結果、合流は許可された。

店を出たところで黒羽《くろは》、白草《しろくさ》、真理愛《まりあ》が待っていた。

「三人とも変装してるんだな……。シロとモモはわかるけど、クロはどうしてだ？」

「あたしも最初大丈夫だと思ってたんだけど、歩いていたらあたしってバレちゃって……」

「マジか……。俺は別に声かけられてないんだけどな……」

何でだろう。俺と違って黒羽《くろは》には熱狂的なファンがいるのかもしれないな。

「ん、ジョージ先輩は？」

恵須川《えすかわ》さんがつぶやく。すると真理愛《まりあ》がニコッと笑って言った。

「帰りました」

「そうか」

え、ジョージ先輩いたの？　そもそもここで何があったのだろうか……。

俺が不審に思っていると、白草《しろくさ》が寄ってきた。

「……スーちゃん」

「おーっ、シロ。何でお前が来てるんだ？　今日の予定、クロにしか言ってなかったはずだが……クロに誘われたとか？」

「ま、まあそんなところね」

私服姿の白草《しろくさ》はやはり目を引くほど綺麗《きれい》で、つい視線が全身にいってしまう。

今日は全体的におとなしめなファッションだが、清楚《せいそ》な白のブラウスと絹のような黒髪のコントラストが美しい。

「――す、スーちゃん……っ！」

「は、はい……⁉」

少し強めの口調に俺が思わず背筋をただすと、白草《しろくさ》はキリッとした瞳でつぶやいた。

「え、えちぃことは――〝めっ！〟だから」

「…………」

一瞬意味がわからず、目をパチクリさせていると、

「あぁ……ぅぅぅぅ……」

白草《しろくさ》は頰を真っ赤にしてしゃがみこんでしまった。

可愛《かわい》い。元々可愛《かわい》いけれど、こういうところが特に。

普段は凜《りん》としているのに、不器用さや常識知らずのせいで自爆している姿が、胸の奥をくすぐってくる。

「はい、注目」

恵須川《えすかわ》さんが大きめの声を上げた。

「次の予定はARでの謎解きゲームだ。途中参加の三人も先ほど追加で登録してもらった。これから集合場所に行くが、はぐれたときは私に連絡するんだぞ」

「AR……？　謎解き……？」

白草《しろくさ》が首を傾《かし》げているので、俺が説明した。

「登録したとき、サイトを見なかったか？」

「見たけどよくわからなくて……」

「ま、俺も初めてだからよくわかってないけど、メールとかが届くから、それに応じて渋谷《しぶや》を歩き回り、謎を解く遊びみたいだぞ」

「へ〜」

いつもは周囲を威嚇しがちな白草《しろくさ》だが、俺と普通に話しているところを見たからだろうか。ファンクラブの女の子たちが積極的に白草《しろくさ》へ話しかけてきた。

「あ、可知《かち》さんも初めて？　あたしも！」

「前から可知《かち》先輩と話してみたかったんです。小説家さんなら、こういうの得意そうですね〜」

「そ、そう？」

白草《しろくさ》も話しかけられ方が自然だったせいか、戸惑ってはいるが邪険にする雰囲気はない。

そうそう、こういう対応ができるなら峰《みね》以外に友達がいないなんて言われることにはならないだろう。

白草《しろくさ》の不器用さを知っている俺からすると、微笑《ほほえ》ましい光景だった。

ふと周りを見れば、黒羽《くろは》と真理愛《まりあ》もファンクラブのメンバーから声をかけられている。

黒羽《くろは》は元々社交的だから普通に話しているし、真理愛《まりあ》も社交面では黒羽《くろは》に負けていない。特に芸能人の真理愛《まりあ》にみんな興味津々《きょうみしんしん》だったのだろう。かわるがわる質問攻めにされていた。

そんな円満ムードが漂い始めていた、そのとき——

「ひどいですっっ！　そんなにたくさんの女の子たちと遊んでっっ！　わたしと付き合っていたんじゃないんですかっっっ！」

「——えっ？」

背後から投げかけられた言葉。そのあまりの突拍子のなさから、

『何それ、誰に言ってるんだ？』

なんて思っている間に、いきなり謎の女の子にガバッと抱き着かれた。

「⁉」

ふにゅん、と柔らかい胸の感触がお腹辺《なかあた》りに広がる。髪から漂ういい匂いが鼻腔《びこう》をくすぐる。

甘美の瞬間——だが、陶酔できたのは一瞬だった。


「「「「「「——はぁっっ⁉」」」」」」


殺気が充満している。先ほどまでキャッキャウフフと微笑《ほほえ》んでいた可愛《かわい》らしい女の子たちは、今や地獄の門番かと思うほどのまがまがしさを放っている。

とっさに弁解しようと思ったが、俺自身混乱していて、ためらいが生まれていた。

謎の女の子が胸に顔を埋《うず》めてくる。これだけで意味不明すぎて頭が回らない。なのに女の子

の柔らかい感触は素晴らしく、俺の脳から思考力を奪っていく。わかっているのは死が迫ってきていることだけだ。タスケテー。

「ちょ、ちょっと待ってくれ！」

俺は僅かに残った思考力を振り絞り、慌てて告げた。

「勘違いだ！　俺はこの子が誰か知らないんだ！　ホントだ！　信じてくれ！」

「ひどい、丸《まる》さん……っ！　わたしを弄んだんですね……っ！」

女の子は俺の胸の中ですすり泣く。

「はぁぁぁぁ!?　ちょ、何言ってんの!?」

「どーいうことよ、丸《まる》くん！」

「すーぴん、説明して！」

ファンクラブの子たちがにじり寄ってくる。

だが俺は冷静さを取り戻し始めていた。そう、この女の子の正体がわかったのだ。

さすがに二度も声を聞けばわかる。よくよく考えてみれば、こんなクレイジーな行動をする知り合いは、一人しかいなかった。

「おい、しお――」

と言って無理やり引きはがす前に、彼女は両横から肩を摑《つか》まれた。

「もう、シオン！　何をやっているの！」

「大良儀《おおらぎ》！　またお前か！」

俺より先に気がついたのは、白草《しろくさ》と恵須川《えすかわ》さんだった。

二人が紫苑《しおん》ちゃんを俺から引きはがそうと、無理やり引っ張る。しかし紫苑《しおん》ちゃんは俺の胸にがっしりとしがみつき、あまつさえ飛びついてきてガニ股で俺の身体《からだ》を挟み込んできた。

って、おい！　それ女子高生にあるまじき行為だろ！

「紫苑《しおん》ちゃん！　とりあえず離れろよ！」

「いーやーでーすーっ！」

「スーちゃんが困ってるでしょ！」

「わたしは弄ばれたから抗議しているだけですーっ！」

ファンクラブの女の子たちの視線は未《いま》だ冷たい。さすがに黒羽《くろは》と真理愛《まりあ》は呆《あき》れているだけだが、紫苑《しおん》ちゃんのファンキーさを知らない子たちから見れば、意味不明すぎて俺の信用回復に至っていないようだ。

「大良儀《おおらぎ》……仕方ないな」

恵須川《えすかわ》さんは紫苑《しおん》ちゃんの背中に指を滑らせると、肩甲骨辺《けんこうこつあた》りに親指を突き立てた。

「ふんっ！」

「ぐぎぃ！」

ツボを突いたのだろうか。顔を苦痛で歪《ゆが》め、紫苑《しおん》ちゃんがようやく離れた。

その隙を恵須川《えすかわ》さんは逃さない。

ささっと両腕の関節を極《き》めて拘束。白草《しろくさ》と二人で近くにあった神社へと連行した。

「みんなは少し待っていてくれ」

恵須川《えすかわ》さんがそう言うものの、気になる……。

ということでこっそり近寄り、耳をすましてみた。

「大良儀《おおらぎ》、お前何をやっているんだ」

「別にぃ～、何でもないですぅ～」

「シオン、何でもないわけないじゃない。スーちゃんに迷惑をかけて」

「別にあのクソ虫相手なら、迷惑なんてどうでもいいですぅ～」

「ふむ、大良儀《おおらぎ》は丸《まる》を敵視しているのか。理由は何だ？」

「シオンは私の父が引き取っていて、事実上私の妹みたいなものなのよ」

「シロちゃん！　わたしが姉ですよ！」

「はいはい、そうね。……というわけで、見ての通りシオンは私のことになるとタガが外れちゃうときがあって……」

「ああ、なるほど。大良儀《おおらぎ》が問題行動を起こすとき、可知《かち》に絡《から》むことが多いと思っていたが、そんな事情があったのか。大良儀《おおらぎ》、何で今までそのことを言わなかったんだ？」

「わたしの行動とシロちゃんは何も関係ないです！　天才的なわたしは口を割りませんから！

ふふん、わたしまた勝ってしまったな！」

白草《しろくさ》は嘆息し、恵須川《えすかわ》さんに問いかけた。

「副会長はなぜシオンを知っているの？　問題行動と言っても、生徒会が動くほどのことはしていないはずじゃ……」

「去年も今年も、私と大良儀《おおらぎ》は同じクラスだ。特に去年学級委員だった私は、大良儀《おおらぎ》のお目付け役だった」

「……なるほど」

「悪いのはあの愚図野郎とシロちゃんにすり寄る女どもです！　シロちゃんは昔たくさん傷ついたのに、有名になったからといってヘラヘラ近づいてくるなんて、許せないですね！」

白草《しろくさ》は腕を組み、さらにため息をついた。

「私を思っての行動なので、大目に見てもらえないかしら？」

「そうだな。悪気がなかったのはわかった。丸《まる》に関しては微妙だが」

「へんっ、すけこましはくたばればいいんです！」

「まったくお前というやつは……」

恵須川《えすかわ》さんはがっちり摑《つか》んでいた紫苑《しおん》ちゃんの腕をひねった。

「いたたたっ！」

恵須川《えすかわ》さんなりの懲罰といったところか。少しお仕置きしないと収まらないと見たのだろう。

痛みを加えられたことでようやく紫苑《しおん》ちゃんは大人しくなった。

「というわけだ、みんな。大良儀《おおらぎ》が勝手に騒いでいただけで、丸《まる》は無実だ」

神社の陰から出てきた恵須川《えすかわ》さんがちゃんと説明したことで、ようやくファンクラブの女の子たちは安堵《あんど》してくれた。疑っちゃってごめんなさい、などと謝られ、俺は気にしてないよと言って回る羽目になった。

「シオン、みんながいるから帰りなさい」

「嫌です！　わたしを抜きにして、シロちゃん楽しんで遊んでますし！」

あー、それがそもそもの不満の原因か。

あいかわらず紫苑《しおん》ちゃんは隠しているつもりでも本音がダダ洩《も》れだな。残念すぎる……。

「……しょうがないわね。みんなの邪魔はしない。スーちゃんにひどいことをしない。そう約束すれば一緒に来てもいいか私から頼んであげるけれど？」

「みんなの邪魔をしないのはわかりました……」

「スーちゃんについては？」

「…………………………ちっ」

「こら。そういうことしちゃダメでしょ。ほら、返事は？　しないなら置いていくわよ？」

「……ううっ、わ、わかりました……シロちゃんの言う通りにします……」

「もし破ったらタクシーに強制的に乗せるから。ちゃんと覚えておいてね」

「わかりました……」

白草《しろくさ》も紫苑《しおん》ちゃん相手だと姉ポジションだな。紫苑《しおん》ちゃんはかたくなに認めないけど。

恵須川《えすかわ》さんが驚いた目で見ている。

そりゃそうか。恵須川《えすかわ》さんは今まで散々苦労してきたのだろう。紫苑《しおん》ちゃんが素直に言うことを聞くなんて、白草《しろくさ》相手くらいだもんな。

「ほら大良儀《おおらぎ》、登録の仕方教えてやるから」

「ふんっ、天才のわたしなら余裕です！」

恵須川《えすかわ》さんと紫苑《しおん》ちゃん、こっちは完全に保護者と子供だ。この二人、教室ではこんな関係なのだろう。

というわけで紫苑《しおん》ちゃんの相手は恵須川《えすかわ》さんや白草《しろくさ》がしつつ、ＡＲ謎解きゲームの集合場所にたどり着いた——のはいいのだが。

「何でお前がいるんだ？　哲彦《てつひこ》」

まさかの遭遇だった。

哲彦《てつひこ》はたくさんの女の子を連れている。どう見てもデートだ。

一瞬何かの仕込みか？　と身構えたが、哲彦《てつひこ》の驚いた様子を見る限り偶然のようだ。

「そりゃこっちのセリフだろ、末晴《すえはる》。ああ、お前も集団デートか」

「デートじゃなくてファンクラブの集まりだよ」

「一、二、三……九か。ふんっ、オレの勝ちだな。こっちは十人」

「お前そういうこと言うなよ。感じ悪いだろ」

「オレはオレを好きな子以外どうでもいいからな」

俺は肩を落とした。今の発言だけでも背後にいるファンクラブの女の子たちがだいぶ殺気立っている。

哲彦《てつひこ》の女癖の悪さは有名だ。うちの学校で哲彦《てつひこ》を嫌っている女の子は多い。そんな哲彦《てつひこ》の女遊びの現場を見てしまい、なおかつ連れている女の子の数で勝負するようなセリフを聞いては、気分を害するのも無理はないだろう。

「わーっ、丸《まる》くんだっ！　すごーいっ！　末哲《すえてつ》コンビが揃《そろ》った！」

「ホントだ！　うそっ！　あ、写真撮っていいっ⁉」

哲彦《てつひこ》の連れている女の子たちが俺の存在に気がつき、騒ぎ始めた。

哲彦《てつひこ》の連れらしく、派手な子が多い。見覚えがない子ばかりなので、おそらく他校の生徒だろう。

しかしなぜ俺のことを知ってる？　群青《ぐんじょう》チャンネル絡《がら》みで哲彦《てつひこ》に興味を持った子が多いのだろうか？　まあそれならこの反応も納得できるか。

「ねーねー、いいでしょ、丸《まる》ちんさぁ？」

「あ、あたし真ん中入るから、撮って！」

なんというか哲彦《てつひこ》が連れているだけあって、みんなちょっと軽いな。その分、積極性が凄《すご》い。

「おい、甲斐《かい》！　お前の連れをどうにかしろ！　うちのファンクラブの集まりを邪魔するな！」

恵須川《えすかわ》さんが檄《げき》を発した。

背後を見ると、ファンクラブの女の子たちが眉間に皺《しわ》を寄せていた。哲彦《てつひこ》のことをよく知る黒羽《くろは》、白草《しろくさ》、真理愛《まりあ》も哲彦《てつひこ》の連れている女の子たちが不愉快らしく、明らかにイラついている。

「あ～っ！　樫村《かしむら》さん！　なんでいるの！」

俺のファンクラブの子が、哲彦《てつひこ》の連れていた女の子の一人を指さした。

「誰？」

「うちの学校の子！　二年D組！」

ん？　うちの学校の子を哲彦《てつひこ》が連れている……？　哲彦《てつひこ》はうちの学校の女の子に総スカン……だったはずだが……。

ただこの前哲彦《てつひこ》に情報を流している女の子がいる、というのは哲彦《てつひこ》自身から聞いていた。この子がその子かはわからないが、女子たちからすれば、この子は『こっそり裏切って哲彦《てつひこ》に近づいていた』と言えるだろう。

「何よ！　甲斐《かい》くんのこと、最低とか言ってたくせに！　嘘《うそ》つき！」

「それは……」

うわっ、これはマズい状況だ……。ただでさえ女の子が多くて収拾がつかないのに、火種まで放り込まれたら抑えようがない。しかもちょっと仲裁に入るだけで収まるようなこととは思えない。うまく収めるいい方法ないかな……。

そんな風に思っていたところ、哲彦《てつひこ》が連れていた女の子たちが口を挟み始めた。

「はぁ？　別にいーじゃん、恋愛は自由だし？　こいつ何様なの？　なんでえらそーなこと言ってるわけ？」

「きっと哲《てつ》くんのこと気になってたのに、周りに合わせて黙ってた系じゃね？」

「キモっ！　顔もキモいし！」

「はぁぁぁぁ!?」

あー、うん。ヤバい。かなりヤバい。めっちゃヤバい。もう帰りたい。

ううっ、お腹《なか》痛い……けど、逃げちゃダメだ……。

でもこれ、どうすりゃいいんだ……？

俺と哲彦《てつひこ》、連れていた女の子同士が完全に険悪ムードに突入しちゃってる……しかもあちこちで怒りに火がついちゃってるし……。

「せっかく末晴《すえはる》お兄ちゃんと楽しくやっていましたのに……」

真理愛《まりあ》でさえキレそうになっているし。

「トラックでも突っ込まないかしら……」

白草《しろくさ》は物騒なことを言い始めてるし。

「ね、ね、ハル。あたしとこっそり逃げちゃわない？」

黒羽《くろは》はさりげなく魅力的な提案をしてくるし。

「そうしたい気持ちはあるけど、それやったら俺、後で死ぬんだわぁぁぁぁぁ！」

俺が頭を抱えていると、白草《しろくさ》と真理愛《まりあ》がすかさず詰め寄ってきた。

「志田《しだ》さん？　何をズルしようとしているのかしら？」

「本当に油断のならない方ですね、黒羽《くろは》さんは」

「何のこと？　あたしはハルを助けるために提案しただけなんだけど？」

「そんな言い訳でとぼけられるつもりかしら？」

「それならモモと逃げてもいいってことですよね？　じゃあモモと逃げましょう、末晴《すえはる》お兄ちゃん」

「何勝手に手を取ってるのよ。一緒に逃げるなら私でしょ！　スーちゃん！」

「モモが！」

「私が！」

風林火山の一節に『侵略すること火のごとし』とあるが、今がまさにそれだ。喧嘩《けんか》の火種はあっという間に黒羽《くろは》たちの心を燃やし尽くし、大炎上となっていた。そしてファンクラブの子たちと哲彦《てつひこ》の連れとの喧嘩《けんか》も、さらに燃え広がる事態となっていた。

「この嘘《うそ》つき！　あたしに嘘《うそ》をついてたこと、謝ってよね！」

「あんただって丸《まる》くんのこと、最初ダサいとか言ってたじゃない？　それが何？　ファンクラブ？　そのほうがダサいけど？」

「あんたねぇぇぇ！」

「ふん、すけこましが大変なことになってますね！　ざまぁみろです！」

「あああぁぁぁ、どうしてこんなことにぃぃぃ！」

完全にこの場はカオスと化していた。もうどこから手をつけていいかまったくわからない。

横を見ると、唯一俺に同調してくれるはずの哲彦《てつひこ》はなぜかくつろいでいた。暇を持て余してポケットから取り出したチュッパチャプスを舐《な》め始《はじ》めている。

「おい、哲彦《てつひこ》。何とかしろよ！」

「何とかできると思うか？」

「……いや」

「だろ？　まぁ、こういうときのコツってのは、ちょっと離れたところで見てることだ。逃げるとやべーぞ。追いかけてくる」

「何で経験談が話せるん？　そのことにびっくりするわ！」

どうする⁉　止める⁉　止められる⁉　何と言えばいい⁉　下手したら悪化しかねないぞ⁉

土下座で収まるなら厭《いと》わないが、今の状況で土下座はきっと意味がない！

「あああぁぁぁ、もうどうすりゃいいんだよぉぉぉぉ！」

「──愚か者ッ！」

空気を切り裂くような凜《りん》とした声。

なじり、罵り、泥沼に陥っていたこの場で、その声は清浄な響きを伴っていた。思わずみんな怒りを忘れ、声の主──恵須川《えすかわ》さんに注目をした。

「まず全員、落ち着け」

荒くれだった皆の心をなだめるような、優しい声だった。

「甲斐《かい》、君は連れの子たちをまとめて少し離れてくれ。私たちとあまりに相性が悪すぎる」

「……ま、正論だな」

哲彦《てつひこ》はチュッパチャプスを咥《くわ》えたまま、頭を掻《か》いて女の子を集め始めた。

「私の仲間がすまなかったな」

恵須川《えすかわ》さんは哲彦《てつひこ》の連れに一声かけた。

彼女たちは冷めた顔つきだったが、一人が『別にあんたが悪いわけじゃないし』とだけ言った。ただそれだけのことで、随分とわだかまりは解けたように感じた。

また恵須川《えすかわ》さんは、哲彦《てつひこ》の連れの中にいる『嘘《うそ》つき』と言われた女の子にも話しかけていた。

彼女は『哲彦《てつひこ》のことを悪く言っていたが、それは嘘《うそ》でこっそり哲彦《てつひこ》とデートしていた』という特殊な状況だ。しかもうちの学校の生徒。そのため個別のフォローが必要と感じたのだろう。

「嘘《うそ》はいいことではないが、嘘《うそ》をつかない人間はいない。まずはこの場で嘘《うそ》をついたことを謝り、明日一日自分のしたことを考えてみたらどうだ？　そして週明け、改めて話をしてみてはどうだ？　そのときには互いに頭が冷えているだろう。もし学校で二人きりで話したいと思うのなら生徒会に来い。場所を提供してやる」

凄《すご》い……あの混沌《こんとん》とした状況下で、よくこれだけ妥当な判断ができるものだ……。

どうやって解決すればいいか全力で考え続ければ、俺だっていずれは恵須川《えすかわ》さんと同じ意見にたどり着けるかもしれない。

しかし少なくとも俺はこの場では思いつかなかった。この差は大きい。みんなが喧嘩《けんか》別《わか》れした後では、同じ解決方法で対処はできないだろうから。

恵須川《えすかわ》さんのアドバイスに応じ、嘘《うそ》つきと言われた女の子が謝る。

すると嘘《うそ》つきとなじってしまった女の子も『言い過ぎた』と言って小さく頭を下げた。

この場はこれで十分だろう。

もしこれがなければ明日の日曜日、二人の女の子は気まずい気持ちが残り、苦しむことになったに違いない。互いに謝り合った事実があるなら、週明けに冷静な話し合いだって可能なはずだ。

「あと志田《しだ》、可知《かち》、桃坂《ももさか》の三人……仲良くしろと言っても無駄だと思うが、少なくとも時と場所をわきまえろ」

「「「うっ――」」」

さすがのド正論に、三人は押し黙った。

「せっかくの機会だ。うちのファンクラブの子と、もっとじっくり話をしてみろ。友達になるか喧嘩《けんか》相手《あいて》になるかはわからないが、いつものメンバーで固まって喧嘩《けんか》をしているよりはマシだろう」

まったくもってごもっとも。

哲彦《てつひこ》が連れと共に去っていくと、騒動は完全に収まった。

おかげで俺たちは無事謎解きゲームをすることができ、楽しい時間を過ごすことができた。

それもこれも恵須川《えすかわ》さんのおかげであることは明らかだった。

＊

日が暮れようとしている。

今日一日たっぷり遊び、ファンクラブの子たちとも交流できた。大満足の一日だった。

今は全員で渋谷《しぶや》駅《えき》に向かっていて、そこで解散する予定だ。

「ううっ、普通に楽しんじゃった……」

「思ったよりみんないい子で困るわ……」

「玲菜《れな》さん以外に友達ができるとは……」

前方にいる黒羽《くろは》、白草《しろくさ》、真理愛《まりあ》はいいことを口にしているが、なぜか落ち込んでいた。

ふと後ろを見ると、恵須川《えすかわ》さんが最後方から全員の様子を見ていたので、俺は歩調を緩めて横に並んだ。

「本当にありがとな、恵須川《えすかわ》さん」

「いきなりどうしたんだ、丸《まる》」

「いやさ、恵須川《えすかわ》さんがいなけりゃ大変なことになってたと思って」

「私はまとめるためにリーダーをやっている。気にしないでくれ」

一日一緒にいたが、恵須川《えすかわ》さんはお堅いというか、凄《すご》く丁寧に対応してくれるいい子なんだけど、打ち解けた感覚がない。

だから俺はもうちょっと突っ込んで話がしたいと思った。

「でもさ、悪いって。興味もないのにさ、ファンクラブのリーダーなんてやらせて、一日付き合わせて。遊ぶお金だって自腹なわけだし」

「そんなことはないぞ？　私は君に興味を持っている」

「え、そうなの？」

「一般的なレベルくらいだがな。それにそもそも、私はそんなに集団で遊びに行ったりしない。だから今日一日はとても新鮮で楽しかった」

「いや、さすがに俺もこの人数で遊びに行くのは初めてだって」

俺＋恵須川《えすかわ》さん＋ファンクラブ四人……合計六人でスタートしたのに、そこへ黒羽《くろは》、白草《しろくさ》、真理愛《まりあ》の三人が加わり、最後に紫苑《しおん》ちゃんまでやってきて、最終的には十人だった。多すぎ。

でも、そっか。楽しんでくれていたのか。

それはそれでよかったが——やっぱり恵須川《えすかわ》さんは少々堅苦しい。

「恵須川《えすかわ》さんって友達と遊びに行くときもそんな感じなのか？」

「そんな感じとは？」

「礼儀正しいっていうか、ピシッとしているっていうか。俺、イマイチ恵須川《えすかわ》さんの本心がわからないんだよな」

「本心と言われてもな……。遊びに行くときはいつもこんなものだぞ？」

「遊びに行くって、誰と？」

「君なら生徒会長と言ったほうがわかりやすいか？」

「ああ、ギャルっぽいあの生徒会長。生徒会以外でも仲がいいんだ？」

「驚かれることが多いんだが、不思議とな」

たまにある。明らかに正反対に見えるのに相性がいい相手って。生徒会選挙でもデコボコンビだなぁと思っていたが、プライベートでも仲がいいとは意外だった。

「へー。じゃあさ、みんなをまとめるのが上手だと思うんだけど、それも昔から？」

「どうかな……」

「中学校も生徒会をやってたとか？」

「いや、中学は剣道一筋だったぞ。部活以外の活動は最低限しかやっていなかったな」

「ああ、恵須川《えすかわ》さんって剣道少女っぽいよな。和の雰囲気あるっていうか、凜《りん》としているから武道がめっちゃ似合ってる。強いんだろ？」

「残念だが私はたいしたことない」

「さっき別の子から、毎度一回戦敗退のうちの剣道部で、唯一県大会レベルの腕だって聞いたけど？」

「全国レベルではない。まだまだだ」

恵須川《えすかわ》さんって自分に厳しい感じあるな。求道者っぽいというか。そういうところが人徳に繋《つな》がり、みんなをまとめていても異論が出ない雰囲気に繋《つな》がっていると思う。

「十分凄《すご》いけどなぁ～」

「本当に凄《すご》い人は、レベルが違うものだ」

ちょっと引っかかる言い方だな。

「もしかしてそういう人が近くにいるのか？」

「⁉」

恵須川《えすかわ》さんの長いローポニーが小刻みに揺れる。

どうも当たりらしい。

「……丸《まる》は見かけによらず勘がいいな。芸能界の経験のせいか？」

「見かけによらずは余計だろ？」

「そうだな」

くすり、と恵須川《えすかわ》さんが笑う。

普段の沈着冷静な表情より、ずっと魅力的だと思った。

「凄《すご》いのは三歳年上の私の兄だ。私が剣道を習い始めたのも兄の影響なのだが、兄は昔から文武両道で、何一つ敵《かな》わなかった。兄は中学でも高校でも、剣道で全国ベスト四だった。学校もうちより偏差値が高いところに行き、悠々と日本一の国立大学に合格。今は大学生だ」

「うわっ、なんだそりゃ……」

時々異常なほど優秀な人っているんだよなぁ。そういう人って基本の頭がいいから、記憶力がいいし、思考力も高いから習得も早い。だからやることなすことレベルが高かったりするんだよな。身近で言えば真理愛《まりあ》がまさにそのタイプだ。

「私は第一志望の高校に落ちてうちの高校に入ったんだが、入学当初、兄との差が明確になってしまったことでやる気をだいぶ失ってしまってね。ぼんやりしていたところに今の生徒会長と出会い、学校や周りの人のために活動するのもいいかも……と思って今に至るわけだ」

人に歴史あり、だな。これだけちゃんとしている女の子なんて初めて見たって感じなのに、本人は劣等感を持っているなんて興味深い。

「恵《え》須《す》川《かわ》さんさ、兄貴のことでコンプレックス抱いているかもしれないけど、俺から見たら恵《え》須《す》川《かわ》さんも十分すげーからな？」

「私が？」

「そう。恵《え》須《す》川《かわ》さんの兄貴はヤバすぎ。でも恵《え》須《す》川《かわ》さんだって滅《め》茶《ちゃ》苦《く》茶《ちゃ》しっかりしてるし、みんなのこと考えてまとめてくれるし、いい人すぎてビビるレベルだから」

「別に。たいしたことではないよ」

恵《え》須《す》川《かわ》さんは苦笑いを浮かべた。

「でも一番凄《すご》いのは、そんな凄《すご》い人が間近にいて心が折れたのに、また立ち上がって努力しているところだと思う」

「………」

恵《え》須《す》川《かわ》さんは目を見開いた。そのまま熱っぽい眼差《まなざ》しを俺に向ける。その様は話の続きをおねだりしているようだった。

「俺は昔、心がぽっきり折れちゃったことあってさ。周囲に迷惑かけちゃったし、それこそ立ち直るまでに何年もかかった。でも恵《え》須《す》川《かわ》さんは一年も経《た》たずに立ち直り、その間もちゃんと努力して、今は副会長だろ？　その姿勢というか心持ちというか、一般人の俺からしたら芯の強さを見習いたいくらいだ」

恵須川《えすかわ》さんは心底驚いたというような顔をして言った。

「まさか君からそんなことを言われるとはな」

「え、おかしかったか？」

「いろいろツッコミどころはあるが、君が自分を一般人と称するのは驚きだな」

「そうか？」

「それはそうだろう。君は国民的子役とまで言われていたんだぞ？　復活してからも、テレビに出ていないにもかかわらず世間を賑《にぎ》わせているのに？　君は私の兄をヤバいと言ったが、私の兄がいくら文武両道と言っても、全国では何人もいるレベルだ。でも君はオンリーワンだろう？　君のような活躍をしている男の子は君しかいないよ」

「そのオンリーワンって、人間は誰しもオンリーワンって言ってるのと変わらないレベルじゃん？　たいした人間じゃないってことは自分が一番わかってるって」

「……そうか。なるほど。君はそういう考え方をするんだな」

「なんか勝手に納得しないでくれるか？　意味がわからないんだけど」

「いや、それこそたいした話じゃないんだ。だから私は君のことを――」

そこまで言って、恵須川《えすかわ》さんは突如足を止めた。

「どうしたんだ？」

「……いや、何でもない」

「でも俺のことを言いかけていただろ？」

「…………」

恵須川《えすかわ》さんはなぜか一瞬、遠い目をした。

ハッと我に返ったときにはいつもの颯爽《さっそう》とした表情に戻っており、柔らかい口調で言った。

「君のことを、凄《すご》いと思っている。それだけさ」

「お、おう。ありがとう」

真正面から褒められるのはやっぱり照れくさいな……。

「だがまあ、問題行動は慎んでくれ。次、収められるとは限らないから」

「俺以外のメンバーにも言って欲しいんだけど。哲彦《てつひこ》とか紫苑《しおん》ちゃんとか」

「残念だったな。あの二人にはすでにいつも言っている」

やっぱりゆっくり二人で話してみないとわからないことってあるなと思った。

生徒会副会長という肩書きのせいで恵須川《えすかわ》さんにやや苦手意識があったが、話してみれば常識的で優しい、しっかりものの女の子ということがわかった。

とてもカオスだったが、結果的には楽しい一日だったな……。

そんなことを思いながら、夕日に染まる渋谷《しぶや》駅前《えきまえ》で俺たちは解散した。

＊

それから二日後——

週明けの月曜ということで、一向にやる気が起こらない俺は、いつものように哲彦《てつひこ》と教室でぼんやりと昼食を取っていた。

と、そのとき。

「カチコミじゃあぁぁぁぁ！」

野太い声が木霊《こだま》すると同時に、いきなり大人数の男子生徒たちが教室に押し寄せてきた。

「おいおいおいおいおい……」

「何だ何だ⁉」

クラスが大騒ぎになる間にもさらに男子生徒たちは増えていき、総勢二十名にも及ぶほどとなっていた。

そして彼らの目標は、俺のようだった。

「——丸末晴《まるすえはる》ッ！」

よく見ると、男子生徒たちは二つの集団に分かれている。

一方の集団の先頭に立つのが小熊《おぐま》。今、声を発した張本人だ。

すぐ横にはもう一方の集団を統率している那波《なば》がいる。

「な、何だよ……」

これだけの集団に押しかけられると、さすがに圧力が凄《すさ》まじい。あと暑苦しい。

小熊《おぐま》はじろりと俺をにらむと、お尻のポケットから折りたたんだ紙を取り出した。

そこには『果たし状』と書かれていた。

「おれたち志田黒羽《しだくろは》ファンクラブ、通称〝ヤダ同盟〟はてめぇに決闘を申し込む！」

「はあぁぁぁぁぁぁ!?」

「フッ……オレたち可知白草《かちしろくさ》ファンクラブ……通称〝絶滅会〟も……同様に決闘を申し込む……。覚悟するんだな、丸末晴《まるすえはる》……」

「ちょちょ、待って。マジ待って。待って待って待って。意味がわからないんだが!?」

俺が混乱している間に、小熊《おぐま》と那波《なば》は何やら別の紙を哲彦《てつひこ》に渡していた。

「甲斐《かい》、誓約書だ。内容を確認しろ」

……まーた哲彦《てつひこ》が関わっているのか？

俺は哲彦《てつひこ》の背後に回って誓約書と言われた紙を見てみた。

どうやら誓約書とはそのままの意味で、撮影の同意、群青《ぐんじょう》チャンネルにおける動画の公開の同意等、約束事が書かれている。

「ん……？」

特に気になったのは最後だ。要望という欄がある。普通、そんなもの誓約書にあるはずがない。

「何だ？　要望？　丸末晴《まるすえはる》の〝ヤダ同盟〟への入会？」

俺を無視して哲彦《てつひこ》がつぶやく。

「じゃあそうだな……群青《ぐんじょう》同盟としての要望は、お前たちが群青《ぐんじょう》同盟の下部組織になるってのはどうだ？　人手が必要となれば手伝いに来い。オレたちに逆らったら強制解散だ。どうだ？」

「おれたちは奴隷になるつもりはないぞ！」

小熊《おぐま》のバックにいる〝ヤダ同盟〟メンバーから野太い声が上がった。

「別に無茶な要求をするつもりねぇよ。群青《ぐんじょう》同盟からの要求はあくまで〝ヤダ同盟〟に対してだ。つまりは、最悪お前らが〝ヤダ同盟〟を辞めればオレがいくら無茶なことを言ったって、聞く必要ねぇってことだ。ま、そうならない程度にはこき使ってやるつもりだがな」

「くっ、身体《からだ》は売っても、心は売らねぇぞ！」

「お前らとしても志田《しだ》ちゃんに少し近くなるから、悪い条件じゃねぇと思うがな」

小熊《おぐま》は背後の〝ヤダ同盟〟のメンツの表情をうかがい……頷《うなず》いた。

「……わかった。その条件で勝負だ」

「成立だな」

哲彦《てつひこ》と小熊《おぐま》は握手を交わした。

「フッ……オレたちもそれでいいだろう」

「オッケー」

同じ条件を提示した那波《なば》と哲彦《てつひこ》が合意の握手をする。

ボケッとしている間に話は済んでしまっていた。

「おい……おい」

「何だよ、末晴《すえはる》。二度も呼ぶなよ」

「って、お前、今の何？」

「誓約書を交わしてたんだが？」

「んなこと見ればわかるわ！　何でそんなことになってるんだよ⁉　しかもこれ、群青《ぐんじょう》チャンネルの企画か⁉」

やれやれ、と言わんばかりに哲彦《てつひこ》は首を振った。

「金曜にやった会議で決定しただろ？　群青《ぐんじょう》チャンネルの新たなシリーズとして、対戦するようなものをやっていこうかって。珍しく全員一致だっただろうが」

「それは覚えているが」

「細かなルールはオレがとりあえず作ってみるってことになってたよな？」

「……まあ、確かに」

「対戦するなら、対戦相手が動画に出てもいいって同意が必要だろ？」

「そうだな」

「対戦するのに、何も賭けないと盛り上がらないだろ？」

「まあそれもわかる。で、何で俺のクロのファンクラブへの入会が条件になっているかが不明なんだが？」

哲彦《てつひこ》は何でもないことのように語る。

「賭けは互いに要望を出し合わないと成立しないからな。対戦相手側の条件が、お前のヤダ同盟への入会ってだけだ。たぶん一挙両得を狙ったんだろ？　違うか？」

哲彦《てつひこ》が水を向けると、小熊《おぐま》は短い髪をかきむしった。

「その通りだ。当初は志田《しだ》さんに〝ヤダ同盟〟を公認してもらうことを考えたが、丸《まる》が入ればもっとおいしい。入会させれば丸《まる》は一兵卒。志田《しだ》さんとの交渉時に丸《まる》を連れていけば、公認以上の条件も引き出せるだろうぜ！　過去の写真の横流し、隠し撮り……たまんねぇな！　そしてムカついたときは同盟の規約違反として私的に制裁することも可能となる！」

「やるな、考えたじゃねぇか」

「だろ？」

哲彦《てつひこ》はニヤリと笑い、小熊《おぐま》は鼻の頭をこする。まるで強敵と書いて友と呼ぶを地でいくようなやり取りだった。

「やるな！　じゃねぇよぉぉ！　このカス野郎たちがぁぁぁぁ！」

俺が叫んでいるのに、完全に無視して哲彦《てつひこ》と小熊《おぐま》は続ける。

「じゃあまず〝ヤダ同盟〟との対戦の競技だが……」

哲彦《てつひこ》のつぶやきに、小熊《おぐま》はぐっと力こぶを作って応じた。

「――野球で勝負だ！」

# 第三章　仁義なき戦いとくだらない恋

＊

　放課後、俺は体育用のスニーカーに履き替えてグラウンドに来ていた。体操服に着替えようかと迷ったが、そこまでは面倒くさいのでやめた。

「何で……こんなことに……」

　俺は呆然《ぼうぜん》としていた。

「ホント意味がわからないんだけど!?　何でいきなり野球なわけ!?」

「まあきっと、パイセンの業《ごう》ってやつっスね」

　カメラを持った玲菜《れな》が横に並ぶ。

　この対戦は群青《ぐんじょう》チャンネルで公開予定らしいから、カメラマンとして玲菜《れな》がスタンバイするのは当然の流れだ。

　そこまではわかるのだが……。

「え、何？　業《ごう》って何だよ？」

「悪行の報いってことっス」

「いやさ、業《ごう》の意味はわかるけどさ、悪行って何？」

玲菜《れな》は心底バカにしたような表情で俺を見つめた。

「え、マジでわかんないんスか？　本当にマジで？　病院に行くっスか？」

「とりあえずムカついたから頰を引っ張っておくわ」

「どう見てもこれが悪行っスよ〜っ！」

これは後輩への指導であり、後輩への指導は先輩としての義務であり優しさ！　そのため悪行ではないのだ！

すぐに解放してやったのだが、随分警戒心をかきたててしまったらしく、玲菜《れな》は先ほどより二歩ほど離れた。

「…………」

俺はその距離感が気になり、二歩近寄った。するとまた二歩逃げられた。

「なぜ逃げる」

「自分の胸に聞いて欲しいっス」

俺は胸に手を当てて思案した。

「わからないな。俺は清廉潔白だ」

「はぁ〜」

クソデカため息をつく生意気な後輩ににじり寄ると、生意気な後輩は警戒しつつジリジリと後ずさった。

「パイセンって、阿部《あべ》先輩知ってたっスよね?」

「……まあ、一応」

「パイセン、阿部《あべ》先輩のこと好きっスか? それともムカついてるっスか?」

「ムカつくっていうかさ、顔がよくて頭がよくて性格がよくて、何より女の子にモテモテだろ? 嫉妬で狂うわ、ボケェエ!」

玲菜《れな》はスッと俺の前に携帯を突きつけた。鏡アプリを使用しているのか、携帯には俺の顔が映っている。

「何だよ、レナ」

「顔が特別いいと言えるほどではなく、頭はうちの学校ではあまりよくなく、性格はまあその人の好み次第。そんな人なんスけど、一つ特技があって、そのせいかファンクラブができるほどモテモテな人がいるんスよ。みんなどう思うっスかね?」

「まあ、殺すしかないな」

「そうっスよね」

「俺が殺されそうなのに、さらっと『そうっスよね』って賛同すんなよ」

「これ以上悪行を重ねるのはやめるっス〜っ!」

俺が頬を引っ張ってやると、暴れて俺の腹を叩《たた》いてきた。

まったくしつけのなっていない後輩だな！　お仕置きしてやる！

なんて感じでいつものやり取りをしているうちに、野球部のメンバーが揃《そろ》ってきた。

野球部全員が〝ヤダ同盟〟のメンバーではないが、小熊《おぐま》がリーダーであり、広めたこともあって〝ヤダ同盟〟の中では野球部の割合が多いらしい。

そのこともあって、今日の放課後はグラウンドを自由に使えるそうだ。部活の顧問の先生は？　と思ったが、毎年地区予選一回戦負けだけあって、まったく熱心じゃないから大丈夫とのことだった。

ちなみに今、哲彦《てつひこ》が小熊《おぐま》と対戦方法の細かいところを詰めている。『野球勝負だ！』と言われても群青同盟《ぐんじょう》は正式メンバーが五人だから、通常ルールだとチームメンバーをあと四人集めることから始めなければならない。

お、話し合いが終わって哲彦《てつひこ》がこっちに来た。

「ルール決まったぞ。二対二での勝負だ」

「野球で二対二？　どうやるんだ？」

「守備側はピッチャーとキャッチャーでワンセット。攻撃側はバッターとなる順番を決めて、二人目が打ち終わったら一人目に戻る」

「なるほど。守備は内野も外野もいなくていいのか？」

「まあ打球で判断ってとこだ。審判に恵須川《えすかわ》を入れておいたから公正さは保てるだろ」

　グラウンドに目を向けると、いつの間にか恵須川《えすかわ》さんがいた。やや呆《あき》れたような顔をしつつ、野球部のメンバーと話している。

「だからランナーもなしだ。単打なら一つだけ進塁で固定。スリーアウト制で五回まで。延長はありな」

「まあそれ以上長かったら肩もたねぇよな……」

　野球部なら大丈夫かもしれないが、こっちは素人《しろうと》だし。

「あとピッチャーとキャッチャーの途中交代はあり。んー、ルールはそんなものか。あ、当然群青《ぐんじよう》同盟側からの参加メンバーはオレとお前な」

「そもそもな、哲彦《てつひこ》。相手が野球部じゃ俺らの勝ち目は――」


「おおおおおおおおおおおっっ！」


　突如上がった男臭い野郎たちの声に、俺は驚いて振り返った。

「!?」

　そこにはチアリーディングの衣装を着た黒羽《くろは》、白草《しろくさ》、真理愛《まりあ》の三人の姿があった。

　黒羽《くろは》は不機嫌そうな表情だ。

　白草《しろくさ》は恥ずかしいのか、真っ赤になって顔を伏せている。

真理愛《まりあ》だけはいつも通り。余裕綽々《よゆうしゃくしゃく》で笑顔を振りまいている。

白草《しろくさ》が顔を伏せたまま早足で寄ってきて、激高した。

「甲斐《かい》くん！　これどういうことよ！　応援用の衣装って聞いたから着たけど、スカートが短すぎるわ！」

ふむ、確かに。三人ともスカートの丈が非常に短い。おおよそ膝上二十センチ程度と、なかなかに攻めている。

こうして三人並ぶと、白草《しろくさ》が一際《ひときわ》目立つな。三人とも綺麗《きれい》な脚をしているが、黒羽《くろは》や真理愛《まりあ》より白草《しろくさ》が長身でモデル体型のせいだ。

哲彦《てつひこ》は眉一つ動かさずに言う。

「野球勝負はオレたちが不利だ。相手を油断させる必要がある。そのための衣装だ」

「だからと言ってこれは――」

ふわりと秋風が吹く。

そのせいでスカートの裾が舞いかけて――慌てて白草《しろくさ》は押さえた。

「ゆ、許さないわ……私にこんなえちぃ格好をさせるなんて……」

白草《しろくさ》は相当ご立腹らしい。顔を真っ赤にしてプルプル震えている。

「見えてもどうせアンダースコートだろ？　減るもんじゃねぇじゃん」

「尊厳が損われるわよ！」

「これは群青《ぐんじょう》同盟としての勝負だ。なのにお前、役立たずでいいって言うのか？　負けたら末晴《すえはる》が志田《しだ》ちゃんのファンクラブ入りだぜ？　力になりたいと思うなら、それでうまく相手の集中力を乱してくれよ」

「くっ、やっぱりあんた嫌ぃ……」

白草《しろくさ》は鋭い視線で威嚇をしているが、いつもと違ってまったく怖くない。にらまれても、囚《とら》われの姫騎士が抵抗しているような、えちぃさを増幅させる行動となっていて、つまりご褒美《ほうび》としか言いようがない。ありがとうございます。

「哲彦《てつひこ》、いつの間にこんな衣装を？」

俺は真剣な表情で尋ねた。

「部活の連中と勝負するならいると思ってな。金曜に群青《ぐんじょう》同盟で企画が通った後、すぐに玲《れ》菜《な》に手配させた」

「じゃあレナの采配か。このスカート丈は」

「デザインはあっしが見繕いましたけど、スカート丈はテツ先輩の指定っス」

俺は一本取られたとばかりに額をぺしりと叩《たた》いた。

「まったく、哲彦《てつひこ》……お前というやつは……天才すぎるだろ……」

「何言ってんだ、バカ晴《はる》。前も言ったろ。知ってるってな」

「ふんっ、言ってやがる」

「事実だからな」

俺たちはニヤリと笑い合い、熱い握手を交わした。

「男同士で何盛り上がってんのよーーーーっ！」

大声で俺たちの友情を吹き飛ばしたのは、無論黒羽《くろは》だ。

「あのね、哲彦《てつひこ》くん！　この衣装のことも怒りたいんだけど、そもそも野球部に野球で挑んで勝てるはずないじゃない！　そんな無謀な勝負でハルをあたしのファンクラブ入りさせる？　これはさすがにやりすぎじゃない!?」

「ん？　ああ、そういや誓約書をしっかり見せたことなかったな。群青同盟《ぐんじょう》のメンバー、全員集合」

哲彦《てつひこ》がポケットから取り出した誓約書を広げる。メンバーが取り囲んで文面を覗《のぞ》き込《こ》んだ。

俺はあまり興味がなかったので一歩離れて様子をうかがっていたのだが、みんな前かがみになっているせいでスカートの裾が本当にギリギリ。特に白草《しろくさ》。でもみんな誓約書に集中していて気づかない。

俺は心の中で手を合わせ、ありがとうございますと唱えた。

「んー……、あ、勝負は双方が望んだ競技をそれぞれやるんだ」

「そ。〝ヤダ同盟〟が出した勝負が野球ってだけだ。負けてもオレたちが望んだ競技で勝てば一勝一敗で引き分け。引き分けのときは双方の要望は叶《かな》えられず、無効な」

「哲彦《てつひこ》さん、じゃあ群青同盟《ぐんじょう》としてはどんな勝負を提案する予定なんですか？」

真理愛《まりあ》の問いに、哲彦《てつひこ》は腕を組んで思案した。

「末晴《すえはる》を出しての『モノマネ勝負』、女性メンバーを使っての『歌勝負』『ファッション勝負』なら楽勝だろうな。オレが出て『ナンパ勝負』してもいいぜ？」

「それは……まあ勝つわね」

「そうですね。負ける要素ないですね」

「じゃあ勝負そのものが意味ないじゃない。野球であたしたちが向こうに勝てるはずもないし」

哲彦《てつひこ》が鼻で笑った。

「志田《しだ》ちゃんもまだまだあめぇな。勝つ必要が、どこに、あるんだ？」

「えっ？」

その場にいた全員が思わず目を丸くしたところで、小熊《おぐま》から声がかかった。

「これから十五分、練習時間を取る。言っておくが、怪我《けが》で棄権したら負けだぜ！」

そう言ってボールとグローブ、そしてバットを渡してきた。

野球なんて中学校で遊びでやったとき以来だろうか。少しでもボールに触っておきたい。

そう思った俺は素早くグローブをつけ、哲彦《てつひこ》とキャッチボールを始めた。

「おい、哲彦《てつひこ》。策はあるんだろうな？」

「たりめーだ。ちょっとこっち来い」

俺たちは近寄り、極秘の話を始めた。

「まずは……………だろ。で、そうなると…………」

「あー、まあ、そうなるわな……」

グラウンドには人が増えてきていて、かなり注目されている。ただ哲彦《てつひこ》が口元をグローブで隠しているため、さすがに会話の内容がバレることはないだろう。

「哲《てつ》×末《すえ》展開キタァァァァ！」

うーん、この叫びは俺のファンクラブの子だな……あとで注意しておこう。

「………つーわけだ。わかったか？」

「わかったが、マジでやるのか？」

「ぶっちゃけこいつらウザいだろ？　ここでスパッと勝っておけば、志田《しだ》ちゃんへの迷惑行為を止《や》めさせることもできる。お前、志田《しだ》ちゃんの力になりたいと思わねぇか？」

「まあ、それは確かに……」

黒羽《くろは》は即座に断ったように、ファンクラブ自体が不必要だと思っている。それどころか迷惑に感じている。

ならば――しょうがないか。

たくさんお世話になっている黒羽《くろは》のためと考えれば、少々痛みを伴うことでもやらなきゃいけないな、と思った。

「……わかった。やるぞ」

「オッケー」

俺たちはキャッチボールをやめ、実戦練習を始めた。

哲彦《てつひこ》がピッチャー。俺がキャッチャー。

俺は座ってミットを構え、哲彦《てつひこ》は勢いよくボールを投げる。それを幾度となく繰り返していると、声がかかった。

「練習時間は終わりだ！　始めるぞ！」

ということで試合開始である。

じゃんけんの結果、先攻は野球部。

バッターボックスに立つのは野球部主将であり、〝ヤダ同盟〟リーダーの小熊《おぐま》だった。

「行け行け小熊《おぐま》！　打て打て小熊《おぐま》！」

さすが〝ヤダ同盟〟には野球部が多いだけあって、声量があるし勢いもある応援だ。

「ハル～！　ちゃんとやりなさいよ～！」

「スーちゃん！　頑張って！」

「末晴《すえはる》お兄ちゃん！　ファイト！」

しかし華やかさならこっちのほうが圧倒的に上だ。

チアリーディングの格好をした黒羽《くろは》、白草《しろくさ》、真理愛《まりあ》の応援は、野次馬としてやってきた男子生徒たちの視線を釘付《くぎづ》けにするほどの引力がある。

「すーぴん頑張って〜っ！」

「キャー、カッコイイ〜っ！」

俺のファンクラブの声援もなかなかに熱い。というか、距離が遠くて冷静に聞くことができるせいか、結構恥ずかしい。本当に今更だが『俺ってかなり調子に乗っていたんだな』って、初めて自覚した。

「ふんっ、丸《まる》。いいご身分だなぁ」

殺気を振りまき、小熊《おぐま》が素振りをする。

「甲斐《かい》はさ、まあ見た目があれだし、口もうまいから前から目立ってたさ。でもお前はたまま志田《しだ》さんの幼なじみということ以外は、元々おれたち側だろ？　それがちょっと目立つことをしただけで……まあやってることはたいしたことだとは思うが、それでもよ、おれたちにはちょっと納得いかねぇんだよ」

小熊《おぐま》の言っていることは理解できた。

自分と同じところにいた人間が、いつの間にか大成功している。それって頭では理解できても、心では認めづらいことってあるよな。

俺にも経験がある。引退同然になって世の中を恨んでいたとき、真理愛《まりあ》が大成功しているのを見て、それに近い感情があった。近しい存在だったから活躍が嬉《うれ》しかったのに、それでも悔しさはどうしてもあった。

「おれたちはさ、志田《しだ》さんが幸せならいいんだ。別におれたちは、志田《しだ》さんに何かしてもらおうだなんて思ってねぇんだ。ただ志田《しだ》さんが笑っていてくれるだけで、おれたちは幸せなんだ。なのにてめぇは――」

小熊《おぐま》は絞るようにバットを握りしめた。

「志田《しだ》さんの幼なじみというだけでは飽き足らず、〝美人女子高生芥見賞《あくたみしょう》作家〟であり〝学園の高嶺《たかね》の花〟の可知《かち》さんとイチャイチャし……っ！　〝理想の妹〟と言われる桃坂《ももさか》ちゃんのお兄ちゃん的存在としてイチャイチャし……っ！　当然〝最強の幼なじみ〟である志田《しだ》さんとイチャイチャし、あまつさえ三人から取り合いをされるなんて……っ！　あぁぁ、許せねぇ！　これはやっちまうしかねぇよなぁ！」

「最初少し感動しかけてたんだが、最後のほうはだいぶ本音がダダ洩《も》れだな」

『笑っていてくれるだけでおれたちは幸せ』辺りは素直にいいやつだなって思っていたんだが、結局嫉妬じゃねぇか！

「お前ら、そうだろ！」

小熊《おぐま》が煽《あお》ると、〝ヤダ同盟〟の連中は『そうだそうだ！』『やっちまえ！』と野太い声を張り上げた。

俺は人差し指をくいっと手招きするように動かし、挑発した。

「やれるもんならやってみろよ」

「この野郎……っ」

小熊《おぐま》は奥歯を噛《か》みしめ、バッターボックスに立った。

「よしっ、こいや！」

「プレイボール！」

恵須川《えすかわ》さんの宣言で勝負が始まった。

周囲から応援の声が降り注ぐ。

ピッチャーは哲彦《てつひこ》。ロージンバッグを足元へ捨てると、グローブを大きく振りかぶった。

哲彦《てつひこ》は運動神経がかなりいい。さっきの練習でも野球部が目を見張るほどの速球を投げていた。

俺も運動は苦手じゃないが、哲彦《てつひこ》ほどではない。一緒に運動をすると付いて行くのが精いっぱいという程度だ。

その哲彦《てつひこ》が第一球を——投げた！

球種はストレート。

風を切って真《ま》っ直《す》ぐに突き進む球は、吸い込まれるように——

　──小熊《おぐま》の頭へ向かっていった。

「うおっ！」

　打つ気満々の小熊《おぐま》は虚を突かれて反応が遅れた。

　ニヤリと笑う哲彦《てつひこ》。

　そして──

　小熊《おぐま》はギリギリでよけ、球は俺のミットの中に納まった。

「おい、てめぇ！」

　尻もちをついた小熊《おぐま》がバットを捨てて立ち上がった。

「反則球だ！」

「今の退場だろ！」

「やりやがったな！」

〝ヤダ同盟〟の連中がいきり立つ。元々血の気の多いやつらだ。すでに乱闘も辞さないとの雰囲気を醸《かも》し出《だ》している。前傾姿勢になって一歩踏み出したやつもいるほどだった。

　そんな彼らを哲彦《てつひこ》は嘲笑《あざわら》う。

「わりーわりー、緊張して手が滑ったわ」

「嘘《うそ》つくんじゃねぇぞ、このカス野郎！」

「てめぇが緊張するタマか！」

「お前ならわざとに決まってるだろうが！」

哲彦《てつひこ》の悪評すげぇな。完全にわざとだって断定されている。

そして――間違いじゃないんだよな、これが。

今の暴投は哲彦《てつひこ》の策の一環。だがしかし、これで終わったわけじゃない。

俺はミットから球を取り出すと、哲彦に返球するフリをして小熊のヘルメットに軽くぶつけた。

「なっ――」

危ないから怪我《けが》をしないように緩くぶつけている。

ただし、行為が行為だ。あまりの出来事に周囲は騒然となった。

俺は頭を抱える小熊《おぐま》を鼻で笑うと、トドメの一撃を加えた。

「おいおい、まだ勝負の途中だろ？　モテないからってぼさっと突っ立ってんじゃねぇぞ、このボケナスゥ～」

「――おぁ？」

当然その結果は……ブチ切れだった。

「誰がモテねぇだコラァァァァ！」

「ふざけんじゃねぇぞぉぉぉ！」

「てめぇがそれ言うかぁぁぁ！」

「丸《まる》ぅぅぅ！　ぶち殺してやるぅぅぅ！」

小熊《おぐま》だけじゃない。ブチ切れた〝ヤダ同盟〟のメンバーがグラウンドに乱入してきた。

「うおおおぉぉぉっ！　捕まるものかぁぁぁ！」

俺は挑発するのと同時に逃げ出していた。バリバリの体育会系である小熊《おぐま》と喧嘩《けんか》して勝てる保証なんてないし、そもそも人数差でやられるに決まっている。

ダッシュで逃げる俺。追う小熊《おぐま》。さらにその後ろから〝ヤダ同盟〟メンバーも来ている。

命を賭けたチェイスの始まりである。

「やれ！　やっちまえ！」

「おおおぉぉぉぉっ！」

「うおおぉぉぉぉっ！」

俺と哲彦《てつひこ》は逃げ回り、〝ヤダ同盟〟の連中が追いかけ回す。この危険なチェイスは、恵須川《えすかわ》さんや真理愛《まりあ》がたしなめることで何とか収まった。ちなみに黒羽《くろは》と白草《しろくさ》は呆《あき》れ返《かえ》り、早々に着替えに戻ってしまっている。

そしてその結果――

「乱闘により、勝負無効！」

「つまりは？」

「引き分けだ」

審判役の恵須川《えすかわ》さんはそう告げた。

そう、つまり哲彦《てつひこ》の策とは――

『相手をブチ切れさせることによって乱闘に持ち込み、没収試合にして引き分けにする』

というものだ。

勝ちはしない。でも負けない。そして俺たちにとって、この野球勝負での引き分けは勝利と同義となる。

この後行われた群青《ぐんじょう》同盟が提案した勝負では、俺たちが圧勝。全体で一勝一引き分けとなり、俺たち群青《ぐんじょう》同盟は、非公認ファンクラブ〝ヤダ同盟〟を傘下《さんか》へ収めたのだった。


そして、次の日――


今度は可知白草《かちしろくさ》ファンクラブの〝絶滅会〟とテニス勝負をしていた。

「ふんっ！」

「くそっ……」

俺は全速力で追ったがまったく届かず、ボールはワンバウンドしてコートの外を転がっていった。

テニスのダブルス対決は、ほとんどポイントを取ることができず、大差で一ゲーム目を取られていた。

「おい、哲彦《てつひこ》。どうするんだよ。このままじゃ負けちまうぞ？」

〝絶滅会〟からの要望は〝ヤダ同盟〟と同じく、俺の〝絶滅会〟への加入。そして群青《ぐんじょう》同盟からの要求は、〝絶滅会〟を下部組織として傘下《さんか》に入れることだ。

昨日はうまくいったが、今回の〝絶滅会〟はかなり用心しており、現状乱闘に持ち込む隙を見出《みいだ》すことはできなかった。

「どうなんだよ？」

俺が詰め寄ると、哲彦《てつひこ》はコートの周りにいるギャラリーを見つめてつぶやいた。

「それよりまずコートチェンジだ」

「あ？　……わかった」

哲彦《てつひこ》との会話に不自然さを感じつつもそう言われては抵抗できず、俺は反対側のコートへと移動した。

その途中。那波《なば》とネット際《ぎわ》で交錯しそうになった瞬間、チアガール姿の白草《しろくさ》がボトルを差し出してきた。

「あの、脱水症状になるといけないから飲んでって」

白草《しろくさ》が振り向いた先には、真理愛《まりあ》がいた。同じくチアガールの格好をした真理愛《まりあ》は金網の出入り口近くで親指を立てている。

どうやら真理愛《まりあ》がスポーツドリンクを作って持ってきてくれたようだ。

「ありがとな、シロ」

「あんたも……はい」

「なにっ⁉」

白草《しろくさ》は二本持っていたボトルのうち、一本をあろうことか那波《なば》に差し出した。

「可知白草《かちしろくさ》……」

那波《なば》は感動に打ち震えている。

白草《しろくさ》は顔をしかめた。

「言っておくけど、桃坂《ももさか》さんが渡せって言ったからよ！　私は別に差し入れなんかするつもりはなかったけど、脱水症状になられたら寝覚めが悪いから！」

「いい……それで十分だ……ありがとう……」

……何だろう、違和感がある。

一応話の筋は通っている。だが味方である哲彦《てつひこ》に渡さずに、なぜ敵の那波《なば》に渡す……？

ふと俺が振り返ると、哲彦《てつひこ》はボトルに口をつけようとする那波《なば》を見て、口の端を少しだけ吊《つ》り上《あ》げていた。

これってまさか……。

「!?」

那波《なば》も嫌な予感がしたようだ。

口をつける寸前で手を止め、ボトルのキャップを閉めた。

「一ついいか？　丸《まる》のボトルと交換してもらっていいか？」

やはりそうか。俺もそれがよぎった。

哲彦《てつひこ》がドリンクに【毒】を入れるよう手配したんじゃないかって。

「別にいいぜ？　こっちは善意で差し入れてるんだけどなぁ～。ま、そこまで警戒するならボトルを交換したうえで末晴《すえはる》と同時に飲むってのはどうだ？」

「…………」

哲彦《てつひこ》の言い草はやっぱりちょっと怪しい。でも同時に飲むなら、毒が入っていたとしても最悪ダブルノックアウトになり、条件は五分だ。

那波《なば》は思案してつぶやいた。

「もう一つ、互いに一人リタイアした場合、シングルスで続きをやることでいいか？」

「構わねぇよ。その代わり、一方だけがリタイアした場合、ダブルスが成り立たねぇから、その時点で試合無効で引き分けな」

「……わかった」

那波《なば》はダブルノックアウトしたとしたら、試合無効で引き分けになることを恐れたらしい。

確かに両方のボトルに【毒】が入っていた場合、強制引き分けは〝絶滅会〟にとって負けに等しいだろう。

だが哲彦《てつひこ》は勝負続行を認めた。シングルスで続けるなら、群青同盟《ぐんじょう》はまず負ける。となると、【毒】が入っているのは一本だけ……？

「…………」

「…………」

俺と那波《なば》は交換したボトルをまじまじと見つめた。

ボトルはプラスチック製で、中身が見えない。心なしか毒々しい気配が感じられる。

しかし気になるのは、すんなり哲彦《てつひこ》がボトル交換を呑《の》んだことだ。まさか、最初俺のほうに毒入りを渡しておいて、那波《なば》に怪しませて交換させる手だったんじゃ……。

「……やっぱりそっちだ！」

同じことを考えたのか、那波《なば》がまた交換を要求した。

「ちィっ」

哲彦《てつひこ》が舌打ちをする。おい、もう少し隠せよ。

結局また交換して、当初渡されたものを飲むことになったのだが……つーか、何で俺が飲むことになってんだ？　那波《なば》は白草《しろくさ》の差し入れだから飲みたいんだろうけど、俺、飲みたい理由ないよ？

「じゃあ行くぞ」

異論を唱えようかと迷っている間に哲彦《てつひこ》が声を上げた。

「三、二、一――いけっ！」

抗議するタイミングを逸した俺は、半ばやけっぱちな気持ちでボトルを逆さにして飲み干した。


「「――ぐはっっっ！」」


そして案の定、毒物だった……。

想定外だったのは、俺と那波《なば》、両方に毒物が入っていたことだ。

凄《すご》い……甘いとか苦いとか辛《から》いとか、そんなものを超越している……。

細胞が拒絶反応を示している……そんな感じだ。

あまりに強烈な刺激に俺と那波《なば》はその場で突っ伏した。

「おおっ、すげぇ。さっすが志田《しだ》ちゃんお手製だな」

「ちょ、あたし普通に栄養ドリンク作っただけなんだけど!?」

「黒羽《くろは》さん……あれは普通とは言えませんよ……」

そ、そういうことか……。

黒羽《くろは》の姿が見えないと思っていたら、ドリンクを作っていたのか。そのことを隠すため、あえて真理愛《まりあ》が作って持ってきてくれたかのように見せかけてミスリードを誘っていた。そして黒羽《くろは》の作ったドリンクを白草《しろくさ》に差し出させることによって、那波《なば》が飲まないという選択肢を奪い、きっちり仕留めたというわけだ。

でもさ、この策、俺も一緒に死ぬわけだが⁉

「末晴《すえはる》、立て……っ！　お前が立てば俺たちの勝ちだ……っ！」

そっか、さっき哲彦《てつひこ》が言ってたっけ。双方がリタイアしたらシングルスで続行だが、一方がリタイアするだけならダブルス不成立で引き分けだって。

「お前、昔から志田《しだ》ちゃんの料理を食ってきたんだろ？　つーことは那波《なば》に比べて免疫があるってわけだ」

「⁉」

た、確かに……。俺は身体《からだ》こそかなり限界に達しているが、意識は何とか保っている。

一方すぐ横で倒れている那波《なば》はすでに意識が飛んでいるように見えた。

「ぐっ……」

俺は奥歯を嚙《か》みしめ、両腕の力を振り絞った。

腕を立たせ、上半身を起こす。それができたなら次は足だ。

「うおおおおぉぉぉぉぉっ！」

何とか立ち上がった俺は、雄たけびを上げた。

勝利の咆哮《ほうこう》だ。

「すげぇ、丸《まる》のやつ、立ち上がりやがった！」

「これでこのテニス勝負は試合無効で引き分けだ！」

歓声が湧き起こる中、一人だけ無表情でたたずんでいる女子生徒がいた。

――黒羽《くろは》だ。

「ハル、哲彦《てつひこ》くん……ちょっとこっちに来てくれる……？　話があるんだけど……？」

「逃げるぞ、哲彦《てつひこ》！」

「おう！」

背を向けて俺と哲彦《てつひこ》はダッシュした。

「こら、逃げるな！」

そんな俺たちを黒羽《くろは》はどす黒いオーラを放ちながら追ってくる。

最終的には家の前で待ち伏せされて捕まった俺はたっぷり説教を食らったのだが、テニス勝負自体は哲彦《てつひこ》の策通り引き分け。

もちろん次の日に行った群青《ぐんじょう》同盟提案の競技では圧勝し、〝絶滅会〟もまた傘下《さんか》に収めたのだった。

＊

「何だかこの集まりが恒例になってきているのが癪《しゃく》だわ……」

喫茶店の個室で白草《しろくさ》がため息をつく。

ここはいつの間にか御用達《ごようたし》になっている学校近くの喫茶店。

黒羽《くろは》、白草《しろくさ》、真理愛《まりあ》はいつもの個室に陣取り、密談を行っていた。

「そういえばスーちゃんは？　三人で集まっていること、バレないかしら」

「安心してください、白草《しろくさ》さん。ジョージ先輩に頼んで、末晴《すえはる》お兄ちゃんの気を引いてもらっています」

「あなた、完全にあの先輩を使いこなしてるのね……」

白草《しろくさ》は半ば呆《あき》れつつ、エスプレッソの匂いを嗅いだ。

「しかし、甲斐《かい》くんのペースになってきているところがムカつくのよね……。いつの間にか群《ぐん》青同盟《じょう》に下部組織ができているし……。あれ、完全に私たちを餌にしてたわよね……」

「哲彦《てつひこ》さんらしい動きと言えますが、確かに気分がいいものではないですね。その点には対策が必要でしょう」

イラつく白草《しろくさ》に対し、真理愛《まりあ》は落ち着いている。クリームソーダの上に載ったアイスクリームをスプーンですくい、目を輝かせて頬張るくつろぎぶりだ。

黒羽《くろは》としては、白草《しろくさ》の心情のほうが理解できた。

様々な騒動があったが、結局末晴《すえはる》のファンクラブは解散していない。解散の芽すら出ていない。三人で共同戦線を張っているのに、成果がまったく出ていないのだ。白草《しろくさ》が焦《あせ》るのも無理はなかった。

そう、気になるのは真理愛《まりあ》のほうだった。

「モモさん、随分余裕みたいだけれど、何か策でもあるの？」

黒羽《くろは》が水を向けると、真理愛《まりあ》はチェリーを口の中に入れ、種をペロッと取り出した。

「いえ、今は考え中といったところです。先日渋谷《しぶや》で末晴《すえはる》お兄ちゃんのファンクラブの皆さんとお会いし、打ち解けてしまったところが問題でして……」

「そうね」

見知らぬ相手であれば末晴《すえはる》の周りを飛び回るハエめ！　といった感じで無慈悲に敵認定することもできた。

しかし話してみると普通の女の子たちであり、『末晴《すえはる》に手を出して欲しくない』という気持ちを除けば、非難するようなところは特になかった。

だからこそ困ってしまう。無茶苦茶なことはできない、と。

白草《しろくさ》は黒のニーハイソックスに覆われた長い脚を組むと、そっと思案した。

「打ち解けたって言葉で思い出したのだけれど、私たちがファンクラブの子たちと打ち解けたきっかけって、甲斐《かい》くんの連れていた子たちと喧嘩《けんか》してからよね」

「！」

「甲斐《かい》くんの行動を見たせいで、スーちゃんが何をやっても『甲斐《かい》くんよりマシ』という印象が強くなったわ。そのせいで思ったより不満が出なかった面もあったと思うの」

黒羽《くろは》はそれだけで白草《しろくさ》の言わんとすることが理解できた。

「つまり哲彦《てつひこ》くんはこういう結果になることを見据えて、わざと渋谷《しぶや》でバッティングするようにしていたってわけ？」

「そうね、そう考えると納得できるわ。その後の展開とか、今の状況とか、いろいろ」

いろいろ、というのは哲彦《てつひこ》のスタンスを考えれば連想できる。

哲彦《てつひこ》は群青同盟《ぐんじょう》を大きくしようとしている。その理由はわからないけれども。

あと末晴《すえはる》を巡る恋愛に関して、誰か一人に加担しようとはしていない。中立と言えば聞こえはいいが、誰に対しても味方になる可能性もあれば、敵になる可能性もある。

そんな哲彦《てつひこ》は、末晴《すえはる》が誰か一人とくっつくことを望んでいないだろう。誰かとくっつけば、群青同盟《ぐんじょう》の根幹が揺らぐことは明らかだからだ。

となると、哲彦《てつひこ》にとって末晴《すえはる》のファンクラブができたことは、まったく損ではない。

「哲彦《てつひこ》くんにとってファンクラブは、ハルの恋愛事情をかき乱し、誰か一人とくっつく確率を減少させるから、こっそりアシストしていたんじゃないかという考えね？」

「断定できないけれど、あり得る話じゃないかしら？」

黒羽《くろは》は頷《うなず》かざるを得なかった。

どうにか哲彦《てつひこ》くんを味方にしておきたいところだけど……と黒羽《くろは》が思案していると、あいかわらず余裕《よゆう》綽々《しゃくしゃく》でクリームソーダを飲む真理愛《まりあ》が目についた。

「！」

待って……もしかして……ああ、ということはあれって……。

黒羽《くろは》はじっと真理愛《まりあ》を見つめて脳をフル回転させた。

見られていることに気がついた真理愛《まりあ》が顔を上げる。

「どうしました、黒羽《くろは》さん？」

「モモさん、あのデートの日、モモさんはあたしと可知《かち》さんのファンクラブのリーダーを使って策を仕掛けたでしょ？」

「ええ、それが何か？」

「あれって失敗が前提だったんじゃない？」

真理愛《まりあ》は――表情を崩さない。

「モモの悔しがる顔は黒羽《くろは》さんも見ていたと思いますが？　嘘《うそ》とでも思いましたか？」

「モモさんは演技がうまいからその線も捨てがたいんだけど……ううん、そうだ。失敗が前提じゃなくて、成功しても失敗してもどっちでもいいぐらいの感覚だったんじゃない？」

「…………」

真理愛《まりあ》は顔色を変えなかったが、反論もしなかった。

「引っかかってたのよね。モモさんにしてはちょっと粗い作戦だったな、って。考えてみれば、モモさんの策がうまくいった場合、ファンクラブは解散するけど、それはハルが失望するか失望されるかによってでしょ？　ハルとしては恨みが残るだろうし、その矛先はおそらく小熊《おぐま》くんや那波《なば》くんに向かったはず。そうなると、その二人はあたしや可知《かち》さんのファンクラブのリーダーだから、ハルはあたしたちを恨まなくても、あたしたちは尻拭いに動かなければならない事態も考えられるよね？」

「素晴らしいご想像ですね。……それで？」

「今のように失敗しても、ファンクラブが残れば状況は混乱したまま。あたしたちはハルと二人っきりになったりすることがより難しくなった。それはモモさんもだろうけど、隣に住んでいるあたしが受ける不利益が一番大きい。つまりモモさんは相対的にマイナスが少なく、虎視《こし》眈々《たんたん》とチャンスを狙えばいい」

「なるほど」

白草《しろくさ》は形の良《い》い顎に人差し指を当て、頷《うなず》いた。

「三人で共同戦線を張っていたけど、実は桃坂《ももさか》さんだけ協力する気がなかったというわけね。

全員を疲弊させて漁夫の利を得ようって魂胆とは……やってくれるじゃない」

「あらあらお二人とも、妄想による濡《ぬ》れ衣《ぎぬ》を着せられては、温厚なモモでも黙っていられませんが」

「どこか温厚よ！　完全にハイエナじゃない！」

「ああ白草《しろくさ》さんそういうこと言うんですかそれは聞き捨てなりませんね？」

黒羽《くろは》は深いため息をつき、ポツリと告げた。

「――ということなの、えっちゃん。悪いけど話に加わってくれる？」

白草《しろくさ》と真理愛《まりあ》が目を見開く。

黒羽《くろは》は手元に置いていた携帯を、あえて正面に動かした。

「ああ、わかった。すぐに行く」

携帯からスピーカー音声が聞こえてくる。それで黒羽《くろは》が今の会話を橙花《とうか》に流していたことが確定した。

「志田《しだ》さん、あなた――」

「前から方針としては挙がっていたでしょ。ファンクラブ解散を目的とするなら、リーダーであるえっちゃんから言ってもらうのが一番穏便だって。そうなるように促そうとしていたのが今までの行動だったけど、ここまで来たらえっちゃんに正直なあたしたちの気持ちを知ってもらって、その上で協力をお願いするほうがいいと思ったの。違う？」

「……聞かれてしまった以上は、もうくつがえせませんね」

真理愛《まりあ》が肩の力を抜いた。

白草《しろくさ》も黒羽《くろは》の意見には異論を唱えず、少し考えた後『わかったわ』とつぶやいた。

さして待たず、橙花《とうか》は現れた。

「いい店だな。初めて入った」

「えっちゃん、わざわざ来てもらってごめんね。お詫《わ》びに奢《おご》るから、好きなもの頼んで」

「別に気を使わなくてもいいんだが……まあいい。じゃあお言葉に甘えて冷たい緑茶……はないのか。ではアイスココアで」

しばらく雑談をしていたが、アイスココアが来たのを機に、橙花《とうか》は話を戻した。

「それでファンクラブについてだが……最初に本音を言っておこう。実は私は、ファンクラブなんてすぐに分裂して解散すると思っていた」

「「「!?」」」

驚く三人を見回し、気持ちを落ち着けるためか、橙花《とうか》はアイスココアをゆっくりと飲んだ。

「理解してもらえると思うが、丸《まる》のファンクラブにいるメンバーの望みはかなりバラバラだ。かといってドキュメンタリーや真エンディングの効果もあって、どのメンバーも熱があり、ちょっと矛先を間違えると大問題になりそうだった。そのため私はファンクラブのリーダーを引き受けたわけだが、狙いとしては『ガス抜き』だった。直接丸《まる》と話したり触れ合ったりすることによって、想像と現実の違いを思い知らせれば、浮ついた状況が改善されると思ったんだ」

「なるほど」

黒羽《くろは》、白草《しろくさ》、真理愛《まりあ》はそれぞれ頷《うなず》いた。

「熱が収まったり、メンバー同士でいさかいが起こったりするようなら、サッと解散するつもりだった。きっとそうなると踏んでいた。だが違った。今、想定以上に安定した状態となってしまった。それも丸《まる》と甲斐《かい》の行動が予想外だったせいだな」

「えっちゃんが想定外だった部分って？」

橙花《とうか》は背筋を伸ばしたまま、ストローに口につけた。

「甲斐《かい》に関しては、さっき話に上がった渋谷《しぶや》での遭遇だな。あれのせいで雨降って地固まるという感じになったと思う。渋谷《しぶや》に集合したばかりのころは火種が見え隠れしていたのだが、桃《もも》坂《さか》の策略で少しずつ関係が強化されていき、甲斐《かい》との遭遇でトドメといった印象だ」

「うっ――」

真理愛《まりあ》はそっと視線を逸《そ》らした。

「ハルについてはどうなの？」

「丸《まる》は正直なところ、もっと女性関係にいい加減だと思っていた。何せ甲斐《かい》の友達だからな。

甲斐《かい》ほどじゃないにしろ、いろんな女の子に手を出してくるんじゃないか、手を出す前に止めなければ、くらいに思っていたんだ」

「確かに末晴《すえはる》お兄ちゃんを『哲彦《てつひこ》さんの友達』として見ると、そう思っても不思議はないですね」

「スーちゃんがそんなことするはずないわ。スーちゃんは誠実な人よ」

橙花《とうか》はため息をついた。

「可知《かち》はそう言うが、噂《うわさ》や評判を聞く限り、丸《まる》は『お調子者』だと思った。だから私は『すぐにやらかす』と踏んでいたんだ。しかしやらかさなかった。それどころかこの前確認したら、丸《まる》はファンクラブの女の子の誰とも直接アドレスを交換していなかった。やろうと思えば火遊び放題にもかかわらず、丸《まる》は現状誰にも手を出していない。奥手なのか、誠実なのか、その両方か。理由はわからないが、随分想像と違っていた。おかげでファンクラブ内で変な主導権争いも勃発せず、解散するきっかけが見つからない状態というわけだ」

「じゃあ副会長、あなたは私たちと目的は同じということ？　ファンクラブ解散に向けて協力してくれるのかしら？」

白草《しろくさ》が代表して本題を突きつける。

橙花《とうか》はこの場にいるメンバーの様子をうかがい、静かに首を縦に振った。

「そうだな。私の本音は解散したい。あまりこの案件ばかりにかまっていられないしな。だから三人に協力してもいいと思ってる」

黒羽《くろは》は目を輝かせた。

「えっちゃん、ありがと！」

「志田《しだ》、お礼は解散できてからでいい。私としても、どうすれば収拾がつくのか見当がつかないんだ。君たちに何かアイデアはあるか？　無論、できれば穏便なものが望ましいが」

「ハルの性格からすると、そろそろファンクラブっていうもの自体、合わないなって感じるころだとは思うんだけど……これだけ関係がうまくいってるとなぁ……」

黒羽《くろは》は嘆息した。

そう、すでにファンクラブのメンバーとの関係は、友好的なもので安定している。敵対的ならいくらでもやりようはあるが、うまくいっている関係をへし折るのは、なかなか心理的にハードルが高い。

「……わかった。私も考えてみる。お前たちも考えてみてくれ」

橙花《とうか》の言葉に全員頷《うなず》き、この場は解散となった。

ファンクラブができたことによる騒動も、友好化や下部組織化などを経て、一応落ち着いたように見える。

しかし火種はまだまだくすぶっていた。

＊

「じゃあね、えっちゃん」

私は志田《しだ》たちと別れた後、学校に戻った。生徒会の仕事が残っていたためだ。

そしてその仕事も終わり、時刻は午後六時を過ぎようとしていた。

十一月だと外はすでに真っ暗だ。今日は天気が良く、星が輝いて見える。

各教室は電気が消されており、廊下から漏れる明かりが注ぐだけだ。

私はふと二―Bの前で立ち止まった。

私のクラスは二―E。自分のクラスでもないのに、つい止まってしまったのは無意識からだった。

とある席にまで足を向ける。日中に座っているはずのこの席の主を思い浮かべ、何気なく机を指でなぞった。

私には剣道の先生に教えられた、とても好きな言葉がある。

――〝交剣知愛《こうけんちあい》〟。

剣道を通じて互いに理解し合い、人間的な向上をはかることを教えた言葉だ。『愛』は愛情というよりは『惜しむ』的な意味であり、大切にして手放さないことを意味している。そのためこの言葉を要約すると『あの人とはもう一度稽古や試合をしてみたいという気持ちになること』となる。また、そうした気持ちになれるように、稽古や試合をしなさいという教えを説いている。

この言葉もあって、私にとって〝恋〟や〝愛〟は『切磋《せっさ》琢磨《たくま》し、理解し合ったことにより抱く、一生変わらない相手への慕情、尊敬の念』というイメージを育んできた。

なのでテレビや映画などで見る恋愛には抵抗感があるものが多かった。小さなころからの一途《いちず》な恋は理解できるし応援できるが、『偶然出会ったから』『学校の人気者だから』みたいな恋の落ち方には疑問を抱いてしまうのだ。またある男性に夢中になっていた少女が、途中で別の男性を好きになってしまうのも、どうにも性が合わなかった。

──だからこれは……〝くだらない恋〟なのだ。

だってそうだろう？

こんな想《おも》いは誰でも抱き、すぐに忘れ、気づかぬ間に捨ててしまう、ミーハーなものだから。

かつて子役として名を馳《は》せた男の子がいた。私はファンというほどではなかったが、作品をいくつか見て、恋愛感情と言えるほどではない……普通の好意を抱いていた。しかしその男の子はいつしかテレビから消え、私は忘れていた。

思い出したのはその子が文化祭で派手な行動をしたからだ。それまでは同じ学校にその男の子がいることさえ気がついていなかった。

そしてそれから男の子はまたいくつかの動画に出て、知名度を上げた。それらの動画は、やはりこの男の子は芝居の世界にいるべき別次元の人間なのだと、改めて思わせた。

そんなとき、ドキュメンタリーを見た。男の子がテレビから消えた真相だ。

男の子は不幸な事故により、深い悲しみに襲われていた。輝かしい才能はまぶしさゆえにより大きな影となり、男の子を深く蝕《むしば》んでいた。しかし男の子は戸惑いつつも道を誤らず、ちゃんと再び立ち上がった。

感動した。その男の子がカッコよく見えるようになった。身近にいると思うと、ドキドキしてしまうようになった。

――まったく、くだらない。

なんて軽薄な気持ちなのだろう。

一言も話したことがない、画面の向こう側の男の子に、『ちょっと悲しみを乗り越えたところを見たから』『ちょっと近くにいるから』……そんな程度で燃え上がってしまう感情なんて、一生を貫く想《おも》いと比べれば、あまりにくだらない。

風邪みたいなものだ。突然熱が出て、大人しくしていたらすぐに下がる。その程度のものだ。

なのに熱に浮かされている間は——どうしても近くに寄りたくなってしまう。

だから私は『早めに失望しよう』と思った。

『橙花《とうか》、ちょ〜っち気になる案件あるんだけどぉ……もしよければ介入してくれない？　実は最近、丸末晴《まるすえはる》くんって子のファンがもめてさぁ——』

友人でもある生徒会長のお願いを受けたのは、そんな私情からだった。

相手は画面の向こう側でしか知らない男の子。だとしたら必ず現実と想像のギャップがあるはず。評判を聞く限り、かなりのお調子者だ。ならばすぐに失望するはず。真面目で堅物な私と彼は絶対に合わない。だから大丈夫だ。さっさと現実を知り、もっと別のことに頭を使ったほうがいいはずだ。

なのに——

『でも一番凄《すご》いのは、そんな凄《すご》い人が間近にいて心が折れたのに、また立ち上がって努力しているところだと思う』

私はさらに強く惹《ひ》かれてしまっていた。

……みんな私のことを『しっかりものだ』『いい人だ』と言って褒めたたえてくれる。

しかし私だってわがままを言いたいときもある。何もかもどうでもよくなってしまうときもある。

そんな気持ちを自制し、努力してきた。

努力をしたから『しっかりものでいい人である恵須川橙花』になれたのだ。

でもその努力を誰も褒めてくれない。気づいてもくれない。

だからこそ……困る。

努力を褒められることがこれほど嬉《うれ》しく、心を揺り動かされるものだなんて、知らなかった――

まったく、くだらない。

人に気づかれなかった点を褒められることで、さらに惚《ほ》れてしまうなんて、ありきたりすぎる。ありきたりすぎて、くだらない。

そう、くだらないと、思い込まなければならない。

だって中立を期待されてファンクラブのリーダーになったのだ。だからこの気持ちは、誰にとっても得にならない。

でも――

『そう。恵須川《えすかわ》さんの兄貴はヤバすぎ。でも恵須川《えすかわ》さんだって滅茶苦茶《めちゃくちゃ》しっかりしてるし、みんなのこと考えてまとめてくれるし、いい人すぎてビビるレベルだから』

私が思っていたより、ずっと気さくで優しく――

『たいした人間じゃないってことは自分が一番わかってるって』

私が思っていたより、ずっと謙虚で――

不真面目かと思っていたのに女の子には手を出さず、いい加減さはおおらかさと言い換えることが可能だった。悪いと思っていた相性も別にそんなことはなく、むしろすぐに仲良くなれてしまった。


くだらない恋なのに、私は――


想定外の感情に心は揺り動かされっぱなしだった。

しかし私は告白する気は微塵《みじん》もない。勝負の土俵にすら立っていないからだ。

『ハル！』

『スーちゃん！』

『末晴《すえはる》お兄ちゃん！』

彼の周囲にいる女の子は、私が到底及びもつかないほど美しく、賢く、魅力的な子ばかりだ。

しかも三人とも子供のころに運命的な出会いをし、以後一途《いちず》に慕っている。

私にとって〝恋〟や〝愛〟は『切磋《せっさ》琢磨《たくま》し、理解し合ったことにより抱く、一生変わらない相手への慕情、尊敬の念』。まさにこの三人は私の理想を体現していた。

何より、三人はリスクを負って男の子に好意を伝えようとしている。

好意を伝えるのは怖い。恐ろしい。なのに彼女たちは迷わず突き進んでいる。

では、私はどうなのだろうか？

くだらない恋。運命はなく、一途《いちず》と言えるだけの積み重ねもなく、リスクを負って好意を伝えようともしていない。これでは比較すること自体、彼女たちに失礼だ。

私は、この気持ちが消えるまで誰にも言わないでおこうと思う。言っても誰にも利益がない想《おも》いだから。

そのとき、教室の明かりがついた。

「あれ、恵須川《えすかわ》さんじゃん」

「――っ！」

私は驚いて飛びのいてしまった。

これでも私は沈着冷静を身上としている。しかし今、頭は大混乱になっていた。

私がいるのは丸《まる》の席。だから彼がここに来ること自体はありえないことではないが……この席にいることで、いろいろ勘付かれはしないだろうか……？

そう思うと、平常心ではいられなかった。

「な、な、なぜ丸《まる》が……っ！」

「いや～、ジョージ先輩にアニ研に連れてかれてオススメアニメ見てたんだけど、面白いって言ったら原作のライトノベル貸してくれてさ。でもカバンに入りきらなくて。んで、ロッカーに放置してたコンビニ袋あったなーって思って戻ってきたわけ」

確かに丸《まる》が肩にかけているカバンからライトノベルがはみ出ている。

「恵須川《えすかわ》さんはどうして俺の席に？」

「あっ……こ、この机、君のだったのか！　廊下から見たら、何だか汚れているように見えたから、気になってしまってな」

「え、マジで？」

「い、いや、ちゃんと見たら汚れていなかった！」

「ならよかった。しかしすげー偶然だな。俺がこんな時間に教室にいるのなんてめったにないのに、恵須川《えすかわ》さんが俺の席にいるって」

「そ、そそそ、そうだな」

顔が熱かった。こんな経験など、今までになかった。

おかしい。一時期あれほど剣道に熱中し、精神のコントロールには自信を持っていたというのに——情けないほどしどろもどろになってしまっている。

丸《まる》は様々なものが入った自分のロッカーを漁《あさ》り、コンビニ袋を発掘すると、カバンからライトノベルを取り出してその中に移した。

「……恵須川《えすかわ》さんさ、なーんかいつもと違うな」

「はぁ？　わ、私はいつも通りだぞ！」

丸《まる》は黙って私の顔を見つめた。

見つめ合うなんて剣道では日常茶飯事なのに、私の鼓動はあまりにもあっさりと弾んでしまう。

「いやー、やっぱり違うって」

「そ、そんなことはない！」

「ま、まあそこまで言うならいいけど……」

私の気合いに押され、あっさりと丸《まる》は引いた。

「恵須川《えすかわ》さんって今、帰るとこだよな？」

「そ、そうだがそれが？」

「暗いし、駅までは帰り道同じだし、送るよ。迷惑か？」

そんなことを言われて――断れるはずがない。

「わ、わかった。駅まで一緒に行こう」

「おう」

そうして肩を並べて学校を後にした。

……ダメだ、浮かれている。

私はいつもと違う自分を自覚していた。

木々が、道路が、街灯の明かりが、なぜか輝いて見える。

(愚か者の恵須川橙花《えすかわとうか》ッ！　こんなくだらない恋で何を取り乱している――)

そんな風に自身を叱りつけ、何とか冷静さを保とうとすることで精いっぱいだった。

「実は恵須川《えすかわ》さんにさ、相談があって」

「私に？」

「ああ」

『相談』の一言で保とうと努力していた冷静さは一瞬で吹き飛んだ。懸命に無表情を装《よそお》ったが、嬉《うれ》しくて頬がピクピクと細かく動いてしまっている。

「どうして私なんだ？　志田《しだ》たちではダメな案件なのか？」

嬉《うれ》しいのに、公正さをアピールしなければならないと思い込むあまり、避けたい名前をあえて出してしまっていた。

「ああ、恵須川《えすかわ》さんが適任なんだよ」

「ファンクラブについてか？」

「うん、そうなんだ」

私は気合いを入れ、頷《うなず》いた。

「わかった。どんな内容だ？」

「ファンクラブ……うまく解散できないかな、って思って」

「⁉」

私は驚きのあまり固まってしまった。

志田《しだ》たちが解散させたがるのは当然だと思ったが、まさか丸《まる》が言い出すとは思っていなかった。

「ど、どうしてだ？」

「あらかじめ言っておくけど、恵須川《えすかわ》さんが悪いとか、ファンクラブの子たちが嫌とかじゃないんだ。ただなんつーか、やっぱり俺にファンクラブって性に合わないなって思って」

背筋に寒気が走った。

『ハルの性格からすると、そろそろファンクラブっていうもの自体、合わないなって感じるころだとは思うんだけど……これだけ関係がうまくいってるとなぁ……』

一時間ほど前、志田《しだ》が言っていた言葉。

完璧に読み切っている……幼なじみとして積み上げてきた時間ゆえか……それとも志田《しだ》の能力が優れているゆえか……。

どちらにせよ、私は志田《しだ》に圧倒されていた。

「ファンクラブができてから俺、つい浮かれちゃってさ。最近落ち着いて思い返してみたら、反省することがたくさんあって」

「反省することはいいことだ。調子に乗っていたのは事実だからな」

「げっ、恵須川《えすかわ》さんもやっぱりそう思ってた？」

「当然だ。ただまあ、『ファンクラブ』なんてものができたのなら、程度の差はあれ、調子に乗ってしまうのは人間として無理のないことだとは思う」

「まあそういうわけで、もうちょっと誠実な行動をしなきゃなって思ったんだよ」

「誠実？　別にファンクラブの子に手を出しているわけじゃないだろう？」

「でもさ、やっぱりファンクラブの子にヘラヘラしていたら気分がいいわけないだろうなって思って――クロたちは」

「………………」

チクリと胸が痛んだ。

私が返す言葉を見つけられない間に丸《まる》は続きを語った。

「俺はバカだし、自信がないから女の子の気持ちとか、好かれているとかよくわからないんだけどさ、クロは少なくともちゃんと自分の気持ちを伝えてくれているし、シロやモモも好意があることは示してくれている。俺、三人にファンクラブを作りたいって話が出たとき、ちょっともやっとしたんだ。それを考えると、三人も俺にファンクラブがあるともやっとしちゃうかなって思って。だから解散したい。もちろんファンクラブの子たちが嫌いだとかいうわけじゃないから、できれば円満に、廊下で会っても友達みたいな感覚で話せるようになるのがベストなんだけど……」

そうか、丸《まる》は『鈍い』というより、男性として自信がないんだ。

自分に都合のいいことはひとまず置いておくタイプなのだろう。まあそれが結果的に『鈍い』になっていると言えばそれまでだが、好意を示されていてもまったく気づかなかったり、放っておいたりするほど鈍くないのだ。

とは言え、私の好意に気がつくほど鋭くはないか――

私は立ち止まり、大きなため息をついた。

「まったく、君から『解散』の二文字が出てくるとは、本当に驚いた」

「そ、そうかぁ？」

「そうだ。それと、私に相談したのも合点《がてん》がいった。私がファンクラブを解散すると言えばそれで一応終わりになるからな」

「あとさ、できればクロ、シロ、モモの三人には言わずにかたをつけたいんだ。三人に頼らず解決することで、三人に少しでも誠意を見せたいっていうか」

「それを誠意と言うかは微妙だが……」

「や、やっぱりそうか？」

「でもまあ、気持ちは酌んでやる」

やはり志田《しだ》、可知《かち》、桃坂《ももさか》の三人は丸《まる》の中で特別な位置にいる。それは疑いない。

そして、そこに今から入ろうとするほどの度胸と根性が私にはないこともまた事実だ。

気持ちの良い鼓動の高まりと、心地好《ここちよ》い会話。

度胸のない私は、そこまでで満足するしかないことを自覚しなければならないだろう。

空を仰ぐ。満天の星空。

そんな空の彼方《かなた》へ私は淡い恋心を飛ばし、目をつぶった。

「――わかった。協力しよう」

目を開けたとき、私は決断していた。

「友達として、な」

友として彼と接していくことを。

……おそらく千年以上昔から『男女において友情は成立するかどうか』という問題がある。

そしてその答えは現状まで出ていない。

私の考えでは『人によって答えが違う』だ。男女の友情が成立するパターンもあるし、成立しないパターンもある。

では私の場合はどうか？　今まで答えを決めていなかったが、あえて今、決めようと思う。

『男女において友情は成立する』――と。

恋人に立候補することすらできない私にとって、それが一番いい落としどころだから。

「本当か！　ありがてぇ！」

丸《まる》は無邪気な笑顔を見せた。

それだけで閉じ込めたはずの気持ちが暴れ出してしまう。

だが自分で決めたことだ。その想《おも》いに蓋をして、私は強がった。

「だがな、私に頼むとは――高いぞ？」

「友達として協力するって言ったくせに金を取るのかよ！」

「金とは言っていないだろう。それと、友に対しても誠意は必要だ」

「えー、具体的には？」

「考えておく。安心しろ。無茶なことは要求しない」

「まあ恵須川《えすかわ》さんなら大丈夫そうだからいいか」

志田《しだ》、可知《かち》、桃坂《ももさか》のことはクロ、シロ、モモ。

でも私のことは恵須川《えすかわ》さん。

三人に比べ、やはり遠いな……丸《まる》との距離は。

私は肩をすくめ、気分を切り替えた。

「それで具体的な解散手順だが……少し策が欲しいところだ。ファンクラブ解散を明日宣言してもいいが、無策では不満が上がるだろう。例えば私が忙しいからリーダーを降りると言ったとしよう。しかし今くらい安定していると、別の者をリーダーに立てて存続する可能性がある。

解散しても納得がいかず、暴走して丸《まる》に接近してくる者も出てくるかもしれない」

「そうか、そうだよなぁ……」

「私が泥をかぶっても構わないぞ。『目に余る行動が多かったからリーダーを降りる！』『ファンクラブの存続は認めない！』『丸《まる》ともちゃんと距離を取れ！』と高圧的に言えば、さすがにある程度は大人しくなるだろう」

「いやいやいや、それはダメだろ！　何で迷惑をこうむってる恵須川《えすかわ》さんがババを引かなきゃなんねぇんだよ！　もしババを引くなら、それは俺！　そこは絶対だろ！」

まったくお調子者のくせにこういうときだけ男らしい顔をして……困る。

「わかった。じゃあ今の案は最終手段だ。もしいい案があれば言ってくれ」

「う、うーん……いい案か……難しいな……」

志田《しだ》たちもいい案が浮かばなかった。今、この場で出すのは困難だろう。

「まあ、早いほうがいいかもしれないが、締め切りが決まっている話でもない。少し考えてみよう」

「そうだな。わかった。俺も考えてみるわ」

終わらせよう。

くだらない恋は、愚かな横恋慕は、この協力関係の終了と共に消し去るのだ。

進むのも覚悟。諦めるのも覚悟。

進む自信がないのだから、もう一方を選ぶだけだ。

だが――

「じゃあな、恵須川《えすかわ》さん」

「ああ」

駅に着き、別れることになったとき。丸《まる》は手を振って反転すると、次の瞬間には学校用とは別の、おそらくは家庭用の顔つきになっていた。

その表情の変貌に、私はなぜか悔しさが込み上げてしまう。

(私には向けたことのない表情。きっと志田《しだ》にはあんな顔を――)

そんなことを考え始めていた自分に気がつき、頭《かぶり》を振った。

諦める覚悟は決めた。

だが――

覚悟を決めても、完遂できるかはわからなかった。

＊

俺は恵須川《えすかわ》さんに相談した後、ずっとファンクラブを穏便に解散する『いい案』を考えていた。

できれば誰にも嫌な思いをして欲しくない。

ダメージを負うとしたら、俺だけでいい。

そんな難題を解決できる方法があるのだろうか……？

俺はベッドに寝そべりながら、携帯のアドレス帳を眺めていた。

俺の脳みそではいい案の糸口すら出てきそうにない。ならばプライドを捨て、案を出してくれそうな人に相談するべきじゃないだろうか。

ただし黒羽《くろは》、白草《しろくさ》、真理愛《まりあ》だけは除外だ。あの三人に頼らず解決したい。

哲彦《てつひこ》……相談役としては本命だが、あいつは問題が解決しても、別の問題が発生するような邪道の案を出してくるんだよな。あいつに相談するのは最終手段にしておこう。

絵里《えり》さん……話しやすく、実はかなりの苦労人で、さりげなく修羅場を潜《くぐ》り抜《ぬ》けていそうなところが頼もしい。真理愛《まりあ》の姉という立場のため、真理愛《まりあ》がファンクラブとどういう関係を保ってきたか見てきた可能性がある。だがいきなり相談するのは迷惑かなぁ、という遠慮がどうしてもあった。

総一郎《そういちろう》さん……類を見ないほどの聖人だが、近しいとはいえ大企業の社長さんをこんな話に巻き込むのは気が引ける。

玲菜《れな》……ありえん！　やつはきっと、俺が相談したことをネタにし、ずっとネチネチ馬鹿にしてくるぞ！　後輩のくせに！

難しいな——と頭をひねっていたところ、俺はある名前を発見した。

そうだった。俺としたことが『密《ひそ》かに一番頼りにしている人物』の存在を忘れていた。

思いついたが吉、とばかりに俺はその人物に電話をかけた。

するとすぐに電話は繋《つな》がった。

『バキッ……ガラガラ……ガシャーンッッ！』

電話から物凄《ものすご》い音が聞こえてくる。

おい、どうなっているんだ……？

俺はおずおずと尋ねた。

『も、もしもし……？　大丈夫か、アカネ？』

『だ、大丈夫だよ、ハルにぃ！　こ、こんな時間に、どど、どうしたの⁉』

『いや、ちょっとアカネの知恵を拝借したくてな。電話、今大丈夫か？』

『！　少しだけ待って、ハルにぃ』

朱音《あかね》は携帯を置くなり、何やらやり始めたようだ。

キュッキュッという音が聞こえる。これはマジックの音……字を書いてる……？　廊下に出て……セロテープを切る音……ということは張り紙？　戻ってきて鍵をかけて……通話に戻った。

『ハルにぃ、お待たせ。もう大丈夫』

『アカネ、張り紙をしてたのか？』

『ど、どうしてわかったの⁉』

『音で』

『なるほど……思ったよりも聞こえるんだ……勉強になった』

朱音《あかね》はあくまで真剣だ。

『それでハルにぃ。もう準備は万端。いくらでも聞ける。必ずワタシがいい知恵を出すから、遠慮なく言って』

そう、朱音《あかね》は不器用で時折方向性や発露の仕方を間違えてしまうだけで、心根は非常に真《ま》っ直《す》ぐ。他人のためにその溢《あふ》れる才能の行使を惜しまない、優しい女の子なのだ。

『じゃあ、ちょっと長くなるけど聞いてくれ』

俺はファンクラブができたところから話し始めた。

朱音《あかね》は始終真剣に聞き、そして――俺の期待に応えるかのようにすべてを解決する策を教示してくれたのだった。

# 第四章　朱音《あかね》の策

＊

朱音《あかね》は条件を提示すると、どんな問題でもきっちり条件を満たした解決案を出してくれる。また無理なら無理で〝無理〟という結論をはっきりと言ってくれる。

このスタンスは朱音《あかね》の特殊性を示している。簡単な問題であれば誰でもきっちりとした解決案を出すが、現実は非常に複雑で難解。こうすればベスト、みたいな解決案は意外とないから、もうちょっと条件を変動させたり、結論を変えたりするのが普通だと思う。

例えば黒羽《くろは》は条件を満たした結論にたどり着くのが難しければ、結論をもうちょっと現実的なものに変えようとしたりする。黒羽《くろは》が提示した〝おさかの〟は、まさにその例だろう。

朱音《あかね》はそんなことはしない。条件と結論を微動だにさせず、時には〝途中段階をすっ飛ばす〟という荒業まで使って結論を出そうとする。これ、数学ができる人にありがちなことで、問題を見ると、途中式を飛ばして答えを出してしまうという現象に似ている。

よくあるパターンとしては、渋谷《しぶや》に住みたいという結論があり、条件を徒歩五分とか、１ＬＤＫとか、予算は〇〇円としていたが、実際にすべてを満たすのは無理。

そうなると、普通ならどれか条件を譲る。徒歩十五分までにするとか、予算を上げるとか、妥協する。

でも朱音《あかね》は違う。おそらく朱音《あかね》なら恐ろしい勢いで様々な情報を調べ上げ、条件をすべて満たした物件を見つけてくる。

おかしい、そんな物件ないはずなのに……と思って見てみると、納得する。


――事故物件。


これは朱音《あかね》に悪意があってやっているわけではない。

朱音《あかね》はあくまで誠実に全力で探した結果の結論であり、ちゃんとした解決案を用意してくれたのだ。事故物件は嫌、という条件をつけないほうが間違っている。

俺はどんな方法だろうと、ちゃんと答えを出してくれる朱音《あかね》のやり方が好きだ。その策をとるかどうかは別として、一つの手段として選択肢が広がるのは間違いない。それに問題が整理され、やることが明確になる。

だから俺にとって朱音《あかね》は『密《ひそ》かに一番頼りにしている人物』なのだ。

さて、そんな朱音《あかね》に俺が提示した条件は以下のようなものだった。

『メンバーの女の子たちがなるべく傷つかない形での、ファンクラブの穏便な解散』

『黒羽《くろは》、白草《しろくさ》、真理愛《まりあ》に頼らない解決』

『そのためなら俺は基本どんなことでも厭《いと》わない』

電話で俺は条件を伝えた。説明を終えても朱音《あかね》はしばらく考え込んでいた。

しかしやおら大きく息を吸い込み、

『――一つだけ、ある』

とつぶやいた。

『ハルにぃのファンクラブの人がハルにぃに近づこうとするのは、ハルにぃに隙があるから』

『隙？』

『そう、例えば彼女がいれば身を引こうと考える人も出てくるはず。もちろん彼女じゃなくても、誰か本命がいるというだけでもいい。ファンクラブがあるだけでハルにぃに迷惑がかかる、という状況になれば自然と解散が見えてくる』

『なるほど』

予言者のように朱音《あかね》は語る。今どんな目をしているか、俺には容易に想像できた。

『そこでワタシの案。ハルにぃがみんなの前でキスをする。これがいいと思う』

『き、キス⁉』

さすが朱音《あかね》……。結論にたどり着くためなら手段を選ばない傾向があるが、またすげぇものをぶっこんできやがった……。

『そう。告白じゃダメ。告白祭でのクロねぇのイメージが強すぎて、効果が薄いと思われる。ここはキスがいい』

『うっ……だが、それをやると取り返しがつかなくなるような……』

もし黒羽《くろは》にそれをやったら〝カップル成立〟だ。ジョークとか言い訳とか、通じるレベルのことじゃない。

もちろん他の子でも重みは似たり寄ったり。それこそファーストキスなら一生もの。

キスはそれくらいの【劇薬】と言えるだろう。

『ハルにぃ、キスの相手は誰でもいいの。別に本当にハルにぃが好きな相手じゃなくても、この策は成立する』

『ああ、なるほどなぁ……』

朱音《あかね》の策は、俺の本命を示すことで、ファンクラブに身を引いてもらうというものだ。

だから別に本当の本命じゃなくても、本命がいると思わせるだけで十分。だとすると、むしろ近しい子より適度に距離感のある相手のほうがボロが出ず、有効かもしれないな。

でもなぁ……キスかぁ……。滅茶苦茶《めちゃくちゃ》難易度高いなぁ……。

『ポイントはハルにぃの本音はこれだ、ってみんなにちゃんと信じさせること。これが実は一番難しい』

『……確かに』

キスは恐ろしい効力があるといえ、信ぴょう性があまりにも薄いとやる意味がない。俺と玲《れ》菜《な》がキスしても、玲《れ》菜《な》が何でも屋と知っている人から見れば、

——丸《まる》はキスしてもらうためにいくら金を積んだんだ……？

なんて思われるだけだろう。まあ玲《れ》菜《な》はエロいこと禁止だから、いくら金を出してもキスをOKするとは思えないけれど。

『例えば群青《ぐんじょう》同盟で何か勝負を行って、負けたとき自分の秘密を暴露するって条件にしたらどうかな？　それでわざと負けて、ハルにぃの好きな子にキスをするの』

『……なるほど。いきなりキスするより、勝負で負けてやむなくキスした、っていうほうが信ぴょう性は増すな』

本命を隠していた、というスタンスは大事だろう。

俺がふむふむと頷《うなず》いていると、朱音《あかね》はポツリとつぶやいた。

『それでね、ハルにぃ』

『ん？』

そう前置きをし、朱音《あかね》はとんでもないことを言い出した。

『その後、全員を黙らせる〝魔法の言葉〟があるの——』

一瞬、世界から他の音が消えたかと思うほど、切れ味のあるセリフだった。

朱音《あかね》はあまり抽象的な物言いをするほうじゃない。

それだけに興味をくすぐられた。

『――魔法の、言葉？』

『うん』

『……聞かせてくれ』

朱音《あかね》の発した言葉は、いたって単純なものだった。

だがしかし――なるほど。有効だ。

偽《にせ》の恋人を用意しても、問題はその後の追及だ。皆の追及からバレずに逃げ切ることのほうが難しい。

でも朱音《あかね》の〝魔法の言葉〟があれば……いける。

俺は話を次の段階に移した。

『じゃあさ、群青《ぐんじょう》同盟の勝負はなるべく白熱したほうがいいよな』

『うん、わざと負けたと見られると、信ぴょう性は下がる。でもそこは心配していない』

『どうしてだ？』

『だってハルにぃは誰かのためだと凄《すご》い演技ができるって聞いた。これ、クロねぇたちのためにやるんでしょ？　だからそこは大丈夫だと確信している』

俺は驚いて瞬《まばた》きをした。

朱音《あかね》は不器用だが、本質を見抜く目を持っている。

さすが密《ひそ》かに頼りにしている秘蔵《ひぞ》っ子《こ》だ。

『たりめーだ。任せろ。となると、誰とキスするかだな……』

朱音《あかね》は様々な助言をしてくれた。残る大きな問題は、これだ。

『キス……キスかぁ……。そもそも俺自身キスに抵抗はあるが……相手の子のほうがもっと問題だよな……。クロ、シロ、モモは頼りたくないから除外するとして、他にうまく収まりそうなのは……う～ん、そんな子いねぇよなぁ……そもそも理由を説明してＯＫしてくれる子なんて……もう一か八かでレナに金を積んで交渉してみるか……』

『──は、ハルにぃっっ！』

『うおっ、どうしたアカネ⁉』

いきなり大声になったからびっくりした。

『ハルにぃが困ってるなら、ワ、ワ、ワ……タシ……が……』

大声を出したと思ったら今度は小声になっていって、終わりはほとんど聞き取れなかった。

なので俺は聞き返した。

『ん？　たしか？』

『ハルにぃ嫌い』

『何でだよ⁉』

なぜか一秒で嫌われたぞ⁉　辛《つら》すぎるんだけど！

『ちょ、ちょっと待てアカネ。落ち着いて話そう。さっきのこともう一度大きな声で言ってくれないか？』

『……わかった。ワタシにも非はあった。それは認める。じゃあもっと端的に言う』

渋々なのが電話越しに感じられたが、一応納得してくれたみたいだ。

朱音《あかね》は咳払《せきばら》いをして言い直した。


『――ハルにぃ、ワタシにキスして』


『…………』

『…………』

『…………』

『…………はっ』

朱音《あかね》の息を呑《の》む音が聞こえた。

『ち、違うのハルにぃ！　そういう意味じゃなくて！』

『わかってるって』

俺と朱音《あかね》とは小さなころからの長い付き合いだ。朱音《あかね》の言い間違いにすぐに気づいたが、あまりにも直球なセリフにどう訂正してやればいいか悩んでしまったくらいだった。

『アカネのことだから、結論から先に言っちゃったんだろ？　俺が〝そんな子いねぇ〟って言ったから、買って出てくれたんだよな？』

朱音《あかね》の不器用さを知っている俺からすれば、言い間違いやこの反応は想定内のものだ。だから冷静でいられた。

『……わかってくれていたなら、別にいい』

言い間違いでプライドが傷ついたのか、朱音《あかね》はご機嫌斜めになってしまったようだ。言葉の端々がささくれ立っている。

『でもハルにぃ嫌い』

『何でだよ⁉』

頼りにしている妹みたいな子から嫌いと言われると、胸が痛むんだけど！

『ちょ、アカネ、落ち着いて聞いてくれ』

『何？』

たった一言なのに、恐ろしく冷たい響きを持っている。

俺は慎重に答えた。

『アカネが買って出てくれて、俺は嬉《うれ》しい』

『ハルにぃ……』

やっぱり喜びは素直に表現するべきだな。朱音《あかね》の口調が急に柔らかくなった。

『じゃあ、わ、ワタシと……き、キス……する？』

『いや、それは犯罪だろう』

『ハルにぃ大嫌い』

『ちょ——』

嫌いから大嫌いにパワーアップしてるんだけど⁉

このままでは電話を切られてしまうと思い、俺は口早に言った。

『き、聞いてくれ、アカネ！　アカネがキスしてもいいって言ってくれたのは、全部俺のためなんだろ？』

『………』

『俺は何より、その心遣いが本当に嬉《うれ》しいんだ』

『ハルにぃ……』

よしよし、朱音《あかね》の怒りが和らいだようだ。

ここは兄らしく、包容力を意識して語ろう。

『いつも合理的なアカネは、キスなんてたいしたことないって思ってるのかもしれない。でも俺の勝手な事情でアカネのファーストキスを奪うのは、申し訳なさすぎる。だからその選択はできない。アカネのキスは、本当に大好きな人とするときまで取っておいて欲しい』

『…………』

『それと、こうやって話しているうちに、一人適任者が思い浮かんだんだ』

『適任者？　それは……？』

『いっつも俺をこき使うくせに、自分はおいしいところだけ取っていくカス野郎がいてな。あいつを巻き込んでやる……けけけ』

『……なるほど。あの人が相手でも期待する結果が出るとは思うけど……いいの？』

『死なば諸共《もろとも》、だ。構わねぇよ』


――というやり取りがあったわけだった。


これで方針は決まった。

穏便にファンクラブを解散させるため――

――哲彦《てつひこ》に無理やりキスをして、俺の本命と見せかける。


これだっっっっっっっ！　これですべて解決だっっっっっっっ！

……………………………………え？

マジでやらなきゃいけないかな……。大変なことにならないか、これ……。

やりたいかやりたくないかで言えば、絶対にやりたくない！

しかし――これは自分の愚かな行為の尻拭いだ。

最初からファンクラブを断っていれば、黒羽《くろは》たちに不誠実になることはなかったし、話が大ごとになることもなかった。調子に乗ってしまったことがすべての原因なのだ。となればこれくらいのダメージは甘受しなければならないだろう。

他に方法はない。少なくとも朱音《あかね》や恵須川《えすかわ》さんに相談しても、これ以上の案は出てこなかった。

ならばあとは覚悟だけだ。

心のスイッチを入れろ。ここから俺は役者として、みんなを騙《だま》しきるのだ。

（この行動はクロたちのため――ならば行ける……っ！）

そう心を決めた俺は、翌日の昼休み、恵須川《えすかわ》さんのもとを訪れていた。

この案を実行するためには協力者が不可欠だ。なのでまず恵須川《えすかわ》さんに相談しに行ったわけだった。

恵須川《えすかわ》さんは幸い生徒会室に一人でいたので話しやすい環境だった。

「あのさ、恵須川《えすかわ》さん。いい案があったんだが――」

そんな前振りで朱音《あかね》とのやり取りを話した。

すると——

「そんな策が……。いや、でもな……。ほ、本当にやるのか……？　確かに問題が一挙に解決する手ではあるが……」

などとつぶやき、たじろいでいた。常識的な恵須川《えすかわ》さんからすれば当然の反応だろう。

「しかもこの案を思いついたのが志田《しだ》の妹だと？　中一？　信じられないな」

「アカネは冷静な判断力で、効果的な案を出してくれるんだよ。良くも悪くも、な」

恵須川《えすかわ》さんは額に手を当て、深々とため息をついた。困った子を前にした保育士のような仕草だ。

「丸《まる》は本当にいいのか？」

「俺はもう覚悟を決めた。だから協力してくれ」

「……わかった。ファンクラブ関連は私がまとめ、うまく誘導しよう。しかしもう少し協力者が欲しいな。群青《ぐんじょう》同盟として勝負をして、負けた結果としてキスをするんだろう？　だとしたら対戦相手は絶対に協力者としておくべきだ」

「そこもアカネに相談していて、ジョージ先輩と勝負をするつもりだ。で、その勝負の結果として策を実行するとなると、うまくやれるかなって」

「ジョージ先輩……なるほど、桃坂《ももさか》のファンクラブリーダーか。今までの流れからすると、一番自然な対戦相手だな。うまい考えだ」

「あとはレナも誘って口裏合わせをしてもらおうかな、と」

「レナ?」

「一年の浅黄《あさぎ》玲菜《れな》。知ってるか?」

「ああ、一年成績トップの浅黄《あさぎ》か」

玲菜《れな》のやつ、生徒会副会長にそういう覚えられ方をしているのか。

生意気だな。今度懲らしめておこう。

「ジョージ先輩と浅黄《あさぎ》はうまく口説き落とせるのか?」

「ジョージ先輩は話してみたらめっちゃいい人だったし、モモに利益がある話だから、たぶん余裕でオッケー。レナも最悪金を――」

言いかけて慌てて口をふさいだ。

相手は生徒会副会長。何でも屋のことを知らなかったら、最悪金を払えば――というセリフは致命的だ。

「金?　どういうことだ?」

「あー、いやー、金を将来払うから!　出世払いで頼む!　みたいに言えば大丈夫かなって」

「それでいけるのか?」

「まあ可愛《かわい》がってる後輩だから」

なぜか『先輩横暴っス〜』という幻聴が聞こえたが、知らんぷりをすることにした。

「ふむ、それならかなりいけそうだが……一つ大きなハードルがあるな」

「何だ？」

「――甲斐《かい》だ」

「そうなんだよなぁ……」

今回の策、どこが難しいかと言われれば、圧倒的に哲彦《てつひこ》の存在だ。

俺が泥をかぶるのはいい。自業自得《じごうじとく》だし、覚悟を決めたから。

しかし哲彦《てつひこ》は完全に道連れ。巻き込まれて一方的に損をする立場だ。察知された場合、抵抗しないはずがない。

「甲斐《かい》には私も困り果てていてな。あいつに比べれば大良儀《おおらぎ》なんて可愛《かわい》いものだ。大良儀《おおらぎ》は子供っぽいだけだからな」

「同感」

「甲斐《かい》は一筋縄ではいかないというか、異常なほど勘が鋭くてな。罠《わな》にはめようとしても大抵察知してすり抜けてしまう。私も甲斐《かい》の女癖の悪さを止めるため、三股の証拠を集めて公開したが、正直なところあいつが面倒くさくなって退《ひ》いたから勝ったように見えているだけだ。もし三股の中に本命がいて、激高して反撃してきたら、どうなっていたか……。正直想像するのも恐ろしいな」

今まで哲彦《てつひこ》は味方だったから頼もしかった。

しかし今回の作戦では敵対する。だからこそ恐ろしい。

あの勘の良さ、狡猾《こうかつ》さ。裏をかくのは並大抵のことでは無理だ。

でも——

「やってやるよ」

俺は断言した。

「今回、この策をやれば丸く収まる。成功すればみんなが幸せになれる。なら俺は全力が出せる。哲彦《てつひこ》を騙《だま》しきってみせる。任せろ。もうスイッチは入ってるんだ」

「丸《まる》……」

黒羽《くろは》が教えてくれた『誰かのためなら演技ができる』というアドバイス。それは日常でも活《い》きている。

「あとあいつ、さんっざん俺を利用してきたんだ……。今度は俺が利用してやる……。覚悟しやがれ、哲彦《てつひこ》……。お前ばっかりうまい汁を吸うなんてご都合主義、天が許しても俺が許さないぜぇ？　くくくっ！」

「まったくお前たちは……。妙なところが似ているというか……」

恵須川《えすかわ》さんは腕を組み、眉間に皺《しわ》を寄せた。

「哲彦《てつひこ》に悟られないようにするため、この作戦は俺、恵須川《えすかわ》さん、ジョージ先輩、レナの四人のみでやるものとする。いいか？」

「……わかった。ジョージ先輩との勝負の詳細が決まったら教えてくれ。うまくファンクラブを誘導しよう。またその際はできるだけこの勝負が広まるように手配しておく」

「さすが副会長、頼もしいな。頼むぜ」

俺が拳を突き出すと、恵須川《えすかわ》さんは『うむ』とつぶやいて拳をぶつけてきた。

＊

俺は水面下で動き始めた。まず行ったのはジョージ先輩との交渉だった。

「…………なるほど。ジジョウはリカイしたよ。マリアちゃんのためだし、もちろんキョウリョクするよ」

「ありがとうございます！」

「そうなるとショウブナイヨウとカけるものだけど、コウホはあるのかな？」

「俺と先輩がある程度できるものがいいかなと思っていて。例えばバドミントンとかできます？」

「おーっ、バドミントン！　グッドね！　トクイだよ！　ゴネンくらいケイケンあるよ！」

バドミントンは運動神経もあるけれど、まずは競技年数がものを言う。五年もやっていれば未経験者では太刀打ちできないレベルと見ていいだろう。

「んじゃバドでいきますか。あと賭けるものなんですが、『俺の秘密の暴露』と『モモのファンクラブが群青同盟《ぐんじょう》の傘下《さんか》に入る』でどうですか？」

「『ヒミツのバクロ』……なるほどね。それならセッシャがマルくんのヒミツをニギリ、そのコウヒョウをノゾんでいる——というあらすじでどうかな？」

「いいですね！　助かります！」

「キにしないで。すべてはイモウトサイコーだからだよ！」

こうしてジョージ先輩の説得は成功。

次は玲菜《れな》との交渉だ。

「…………はぁ、とんでもないこと考えたもんスね。しかも沖縄《おきなわ》旅行のときにいたあの朱音《あかね》ちゃん発案とか、将来が末恐ろしいっス」

玲菜《れな》は計画を聞き、がっくりと肩を落とした。

「で、お前に協力を求めたいんだ。主に哲彦《てつひこ》へのミスリードとか」

「……わかりました。協力するっス」

「おっ！　話が早いな！」

哲彦《てつひこ》との関係は俺より長いし、正直渋るかと思っていた。

「やっぱり俺が可愛《かわい》がってやってることに恩義を感じているんだな！」

玲菜《れな》は八重歯を見せ、目を光らせた。

「そういう冗談でも腹が立つこと言うなら協力やめにするっス」

「悪かった。ぶっちゃけ調子に乗ってた」

俺が土下座をすると、玲菜《れな》は深々とため息をついた。

「しょーもないパイセンっスね……。はぁ〜、協力するんで、土下座はもういいっス」

「ホントか？　よっしゃ、金を払わず土下座だけで押し通せた。ラッキー」

「このパイセンは……」

玲菜《れな》は頭を左右に振った。

「言っておくっスけど、協力するのはテツ先輩のためっスよ」

「ん？　哲彦《てつひこ》を嵌《は》める話なのに、どうして哲彦《てつひこ》のためなんだ？」

「あっしから見ると、テツ先輩、ちょっち焦《あせ》ってるように見えるんスよね。告白祭以降」

「……そうか？」

思いもよらなかったことを言うなぁ。中学のころから哲彦《てつひこ》と知り合いであるがゆえの直感ってやつだろうか。

「テツ先輩って、悪知恵が働きますし、勘もよくて、いい意味でも悪い意味でも普通の人じゃないっスよね？　でもパイセンと違って、一人で世間から注目を浴びたり、人が集まってきたりするような才能はないんスよ。だからパイセンが復活する前は才能が使いきれず、余ってしまった分だけ女の子と遊んで憂《う》さを晴らしている雰囲気、あったんスよ」

あー、わかる気がする。哲彦《てつひこ》の才能って、裏方のほうが活《い》きるよな。

舞台で言うなら演出とか、プロデューサーとか。やろうと思えば役者でも音響でも照明でもできるだろうが、もっとも力を発揮できるのは裏方にいて、しかも全体を動かせるポジション。それが哲彦《てつひこ》には合っている。

「で、パイセンが復活したことで、テツ先輩は以前から溜《た》めていた策がいろいろ実行できるようになったんスよね。それが成功しているんで、テツ先輩の影響力は指数関数的に増大してるっス。順調すぎるくらい順調……そのせいっスかね。正直焦《あせ》っているように見えるんスよね……。だから一度嵌《は》められることで冷静さと遊び心を取り戻して欲しいかなって……そんなところっス」

「お前、俺への態度はひどいのに、哲彦《てつひこ》はちゃんと先輩として尊重してるよな」

「パイセンはセクハラと後輩いじめで訴えられないだけありがたいと思って欲しいっス。パイセン以外の先輩はちゃんと尊重しているっスよ？」

「いじめじゃなくて指導だと言ったはずだが？」

俺は両手の人差し指を玲菜《れな》の頬に突き刺した。

当然両頬がへこみ、変な顔になる。面白かった。

「ぷっ」

「これがいじめっスよ〜っ！」

ふんっ、と声を上げて玲菜《れな》は俺のすねを蹴った。

「っっ！」

俺が膝をついて顔を歪《ゆが》めると、息を荒くするあまりその巨大な胸をダイナミックに上下させていた玲菜《れな》は、ふいに両肩を下げて脱力した。

「本当にこのパイセンは……」

「超痛いんだけど」

「自業自得《じごうじとく》っス」

それもそうかと渋々納得し、痛みが治まってきたので膝の埃《ほこり》を払って立ち上がった。

「でもまあ、パイセンの言うように、テツ先輩以外の案件ならタダでは受けなかったかもしれないってのはあるっスね」

「お前ら仲いいもんな」

「っていうより、テツ先輩には恩がたくさんあるんスよ」

玲菜《れな》は照れくさいのか、そっぽを向いてつぶやいた。

「テツ先輩は滅茶苦茶《めちゃくちゃ》で、道から外れている人なんスよね。でもあっしが道から外れそうなとき、外れた場所からこっそり元の道に戻れるよう支えてくれる……そんな優しい人だと思うっス」

＊

準備はすべて整った。その日の放課後、俺は体育館にいた。

俺の協力者であり、生徒会副会長でもある恵須川《えすかわ》さんが言った。

「すまないな、バドミントン部。ちょっとしたお祭りみたいなものだから」

「いえいえ、面白いからいいですよ！」

バドミントン部の部員は壁際《かべぎわ》に移動し、コートを見守りつつ楽しそうに談笑している。

その中にバドミントン部部長と話す黒羽《くろは》の姿もあった。

「志田《しだ》さん、バド部に籍を残してあるから、いつ戻ってきてもいいからね！」

「ありがとね。それと突然休部しちゃってごめん」

「そりゃ群青《ぐんじょう》同盟に行くの、当然だって！　活躍見てるけど、テレビまで騒いでるじゃん！」

「あはは……。なんだかいつの間にか、ね……」

「入りたい子、いっぱいいるよ？　まあ甲斐《かい》くんが仕切ってるし、可知《かち》さんとうまくやるの大変そうとか、レベル高すぎてついていけなさそうとか、二の足踏んでる子がほとんどだけど」

「あー……あたし、入会に関してはもめるの嫌だし、ノータッチにしてるの、ごめんね」

観覧者はいつの間にか増えてきていた。

俺と一緒に体育館入りをした黒羽《くろは》、白草《しろくさ》、真理愛《まりあ》はもちろんのこと、恵須川《えすかわ》さんの手配で俺のファンクラブのメンバーも勢ぞろいしている。群青《ぐんじょう》同盟の下部組織である〝ヤダ同盟〟と〝絶滅会〟のメンツも揃《そろ》っていた。

俺は柔軟体操で準備を整えていた。服装は制服のままだが、さすがに靴は体育館シューズに履き替えている。

対するジョージ先輩は、いつもの真理愛《まりあ》の顔がプリントされているTシャツに『イモウトラブ』のバンダナ。そんな際《きわ》どい格好でアニメ研究部の部員とシャトルの感触を確かめていた。

「おい、大丈夫だろうな、末晴《すえはる》」

哲彦《てつひこ》が肘で小突いてくる。俺は柔軟を続けつつ答えた。

「だーいじょうぶだって。俺の腕前見ただろ？　ジョージ先輩、どう見ても運動苦手そうじゃん。むしろうまくバドミントンに勝負を持ち込んだって素直に褒めろよ」

「まあ正直、オレよりうまいのにはビビったが……」

さっき遊びで俺と哲彦《てつひこ》は打ち合ってみた。

結果は俺の圧勝。哲彦《てつひこ》は運動神経がかなりいいから、俺が圧勝できるスポーツはほとんどない。なのでこれは珍しい結果と言える。

「中学のころからクロの練習に付き合わされてきたからな。さすがに未経験者には負けねぇよ」

黒羽《くろは》は中学のころからバドミントン部。その練習に付き合ってきたことが今、活《い》きたのだ。

哲彦《てつひこ》は腕を組み、小首を傾《かし》げた。

「今回の勝負、今までと違って一発勝負なんだろ？　それがイマイチ引っかかるんだよな……」

このツッコミはシミュレート済みだ。

俺はすかさず反撃した。

「誰のせいだ。ここまで二回、散々お前が卑怯《ひきょう》な手を使ったから警戒されたんだよ」

「あー、まあそりゃそうか」

「だからうまいこと勝ち確の勝負に持ち込んだ俺を褒めろっつったろ」

「ふーん……」

哲彦《てつひこ》はある程度は納得しつつも、納得し切っていないようだ。これが哲彦《てつひこ》の厄介なところで、疑惑が少しでも残っていれば警戒を怠らない。

「あと何だよ、この負けたときの『末晴《すえはる》の秘密の暴露』って。何やらかしたらこんな条件になるんだ？」

「……ポエム帳をジョージ先輩に拾われて見られた」

「…………は？」

「……ポエム帳をジョージ先輩に拾われて見られた」

大事なことだから俺が真顔で二回言うと、哲彦《てつひこ》は幾度か瞬《まばた》きし、あぁ……とつぶやいた。

「お前、そんなもんつけてんのかよ。ってか、何でそんなもん学校に持ってきたんだ？」

「浮かんだときにメモしなきゃ忘れるだろうが」

「そんなの携帯で十分だろうが……。ま、だいたい流れはわかった。手帳を拾ったジョージ先輩はお前のポエム帳を公開し、お前の評判を下げたい。真理愛《まりあ》ちゃんには末晴《すえはる》に愛想《あいそ》を尽かし、自分たちの妹になって欲しいから。だがジョージ先輩が公開しても、お前は偽造って言えば逃げられるもんな。だから勝負で末晴《すえはる》に『秘密の暴露』……ポエム帳の存在を認めさせて読み上げさせるってわけか？」

「うむ」

俺たちの様子をうかがっていたジョージ先輩がにやりと笑う。なかなかの悪役ぶりだ。

「つーわけで、俺が勝負を決めてきた理由、理解したか？　勝負内容の交渉とか、負けられねぇから必死だったんだぞ、俺」

「……ま、そんな事情ならな。じゃあ群青《ぐんじょう》同盟が勝ったときに『真理愛《まりあ》ちゃんのファンクラブが群青《ぐんじょう》同盟の傘下《さんか》に入る』ってのは？」

「本命はポエム帳の回収。でもそれを理由にしたら、俺がポエム帳書いてるってバレるだろうが。だから勝負の条件はその理由にしてもらった。ぶっちゃけジョージ先輩的には群青《ぐんじょう》同盟の傘下《さんか》に入るかどうかはどっちでもいいらしい」

「まー、傘下《さんか》に入ったほうが真理愛《まりあ》ちゃんに近づきやすいってメリットはあるし、そんなもんか……」

と言いつつ、目の奥が光っている。

くっ、哲彦《てつひこ》のやつ、やはり手強《てごわ》いな……。これだけいろんな理由を用意したのに……いや、もしかしたら理由がいろいろあるからこそ疑いが晴れないのかもしれない。

「お前にもメリット用意したんだから、ヤバいときは協力しろよ」

「……ぶっちゃけあんまり気乗りしねぇんだけどな」

主導権を握れていないせいだろうか。それとも疑惑があるからだろうか。哲彦《てつひこ》はちょっと無気力気味だ。

だがまだ計画はバレていない。バレていれば、この場にいるはずがないから。

誰か目先を逸《そ》らしてくれないだろうか。哲彦《てつひこ》に考える時間を与えるのはやはり怖い。

「あいかわらずパイセンはアホっスなぁ」

カメラを片手に玲菜《れな》が話しかけてきた。

「ま、とりあえず放っておけばいいんじゃないっスか。パイセンが勝ったらテツ先輩にとって利益になるでしょうし、万が一負けてもテツ先輩に損はないじゃないっスか」

「……それもそっか」

哲彦《てつひこ》からのプレッシャーが明らかに下がった。

（びっくりだな……）

俺は驚きを隠せなかった。

哲彦《てつひこ》のやつ、玲菜《れな》をかなり信頼しているんだな。玲菜《れな》が出てきたことでこんなにあっさり引くとは思わなかった。

玲菜《れな》にこっそり『すまんな』の合図として視線を送りたかったところだが、哲彦《てつひこ》ならそんな何気ない仕草からでも違和感を覚え、真実にたどり着いてしまうかもしれない。

なので俺は哲彦《てつひこ》の警戒心を煽《あお》らないよう、さっさとその場を離れた。

「じゃあそろそろ始めるぞ！」

審判役の恵須川《えすかわ》さんが俺たちを手招きした。

「ルールはシングルス。一ゲームマッチで、二十一点先取だ。デュースはあり。二点差がついた時点で勝敗が決まる。異論は？」

「ない」

「オッケーよ」

「この勝負の結果、丸《まる》が勝てば『桃坂真理愛《ももさかまりあ》ファンクラブの〝お兄ちゃんズギルド〟が群青同盟の傘下《さんか》』に、ジョージ先輩が勝てば『丸《まる》が自身の秘密をこの場で暴露する』。双方、異論は？」

「大丈夫だ」

「イロンなしね」

「ならば始めよう。サーブのじゃんけんを」

じゃんけんをし、俺の勝利。サーブ権を取得した。

それぞれ配置につき、勝負の始まりだ。

「ではワンゲームマッチ、プレイ！」

「ハル、負けたらダメだからね！」

「スーちゃん、頑張れ！」

「末晴《すえはる》お兄ちゃん、ファイトですよ！」

「すーぴん頑張ってぇぇぇ！」

「ジョージ先輩！　アニ研の底力、見せてください！」

黄色い声援、仲間たちの応援、それらが絡《から》まり、テンションを上げていく。

「っしゃあ！　いくぞ、ジョージ先輩！」

「どんとコいね！」

俺はサーブを高く打ち上げた。

狙うは王道の、バックラインギリギリ。ネットから最大限に遠ざけ、スマッシュを迂闊《うかつ》に打てない状態とし、出方をうかがう。

「いいサーブね」

ジョージ先輩はきっちり追いつき、対角線上にハイクリアを放った。

――シュパンッ！

この弾《はじ》けるような接触音。これだけでわかる。言っていた通りジョージ先輩は経験者だ。勢い、深さ、どちらも素晴らしい。

このままもう一度ハイクリアで返して様子を見てもいいが……一点失ってでも、ジョージ先輩の反応を見たいと思った。

俺は軽やかなバックステップで構えをとると、全身をバネに変え、ストレートにスマッシュを放った。

パンッ！　と爆発したかのような音が響く。軌道はやや高いが、体重がうまくのったおかげでスピードは申し分ない。

だが――

「コントロールがアマいね」

俺の動きを見透かしたかのようなドロップだった。

「っ――」

バックライン近くから無理してスマッシュを打ったため、前はスカスカ。一歩踏み込んだ時点で間に合わないとわかる有様《ありさま》だ。おかげで美しく決められてしまった。

「おおおおぉぉぉぉっ！」

「意外だな！　二人ともうめーじゃん！」

「すげー、見てて面白い！」

俺たちがちゃんとした試合ができることが予想外だったらしい。一気に観客が盛り上がった。

「スーちゃん、こんなにスポーツできたんだ」

「ハルは運動神経悪くないけど、哲彦《てつひこ》くんほどいいってわけでもないよ？　バドは力やスピードより、まずは技術。あたしがラケットの持ち方から教えたんだから」

「末晴《すえはる》お兄ちゃん、黒羽《くろは》さんの練習に付き合わされてたって言ってましたもんね……」

ジョージ先輩はラケットでシャトルを拾い、笑った。

「マルくん。セッシャのジツリョク、わかってくれたかな？」

「ええ、正直舐《な》めてましたわ……」

見た目に騙《だま》されていた。ジョージ先輩がある程度バドミントンができるって言っていても、分厚いメガネに怪しいTシャツといった、いかにもオタクチックな外見だ。そのせいで運動はダメなんじゃないかっていつの間にか思い込んでいた。

しかし今は、見た目に意味なんてないと思い知らされ、いい気分だ。

「これでもサンネンマエ、ヨークシャーシュウのタイカイでベストサンジュウニにノコったこ

けんなよ！」

「全然凄《すご》いのか凄《すご》くないのかわかんねぇな……。おい、末晴《すえはる》！　楽勝じゃなかったのか？　負

とあるね」

哲彦《てつひこ》から発破をかけられる。

俺は親指を立てて自信満々に言った。

「まだ本気じゃねぇよ！　見てろ、これからだ！」

俺は脳内のスイッチを入れた。スイッチを入れれば、俺はどんな役にもなれる。

そう、これからが本番だ。

……それから一進一退の攻防が始まった。

俺が攻めればジョージ先輩は守り、互いに隙を狙いつつ、際《きわ》どいショットで相手を出し抜こうとする。サイドラインを狙いすましたショットや、角度をつけたジャンピングスマッシュが繰り出されるたびに観客は盛り上がり、プレイしている俺のテンションもさらに上がっていく。

折り返しになるころには互いの実力が見えてきた。

たぶん……俺のほうが少し上だ。

技量はほぼ同じだけど、ジョージ先輩はアニ研だったせいか体力がない。疲れてくるとショットの精度が落ちるのは当然で、中盤俺が四ポイントリードすることになった。

だがここからが俺の見せ場だった。

「くっ——」

いい勝負をしつつ、俺にも疲労が溜まっている演技をする。

決して違和感など抱かせはしない。あくまで全力でやっている。頑張っている。時には飛びつく。でも僅かにミスってしまう。惜しい。まだまだ負けない。

一挙手一投足を美しく、名勝負を思わせる戦いを演出し、空気を支配していく。

「二〇—一九《トウエンティナインティ》、マッチポイント！」

俺は追い詰められていた。あと一ポイント取られれば敗北する。

だがまだだ。ここでポイントを取ればデュース。勝利するには二点先取する必要があり、ミスを恐れず攻めることができる。

ジョージ先輩のサーブ。

大きく振りかぶって……フェイントだ！

シャトルに当たる寸前でラケットの勢いを弱め、前に落とす。しかもきっちりいいところに落ちる軌道だ。

俺は即座にやり返すことに決めた。

フェイントにはフェイント返し。振りかぶって奥に飛ばすフリをして……前に落とす。

だが——

「ヨんでいたよ、それは」

ジョージ先輩は気力を振り絞り、前に詰めていた。

すかさず角度をつけて逆サイドに落とされ――決められてしまった。

「マッチワンバイジョージ先輩！」

「おおおおおぉおぉおぉおっ！」

轟《とどろ》きが体育館を包む。

俺はがっくりと膝をついた。

「くそっ！」

あくまで全力で戦った。しかし敗れた。

い、いや、
そう見せかける。

「ハル……」

「スーちゃん……」

「末晴《すえはる》お兄ちゃん……」

体育館に沈黙がおりてくる。

そんな折、ジョージ先輩が俺のもとまでやってきて……手を差し伸べた。

「マルくん、スバらしいショウブだったよ」

「ジョージ先輩……」

手を取ると、ジョージ先輩は俺を引き起こした。

「セッシャ、カンドウしたよ。それでテイアンなんだけど……グンジョウドウメイのサンカに、セッシャのギルドをイれてくれないか？」

「!?」

どよめきが体育館を駆け巡る。

「ジツはサイショからサンカになってもいいってオモっていたんだ。でもね、ヘタレのサンカにハイるつもりはなかったよ。このショウブがいいものだったから、ハイってもいいとオモったんだ。ウけイれてくれるかな？」

「ジョージ先輩……ありがとうございます！」

俺たちは熱い抱擁を交わした。

全力で戦い、互いに認め合い、和解した。

感動的な光景だった。

「だけど、ヤクソク……『ヒミツのバクロ』はマモってもらうよ」

「……わかってます」

さぁ、最後の勝負だ。

ここにたどり着くため、積み上げてきたのだ。

「すいません、その前に一つだけ。……哲彦《てつひこ》、ちょっと相談があるんだが」

「ん？」

この流れ――当然哲彦《てつひこ》は、俺から『どうやって秘密の暴露をせずにごまかせるか』を相談されると思うだろう。
だがそれはフェイント。すべては哲彦《てつひこ》を油断させるためだ。

ドクッ……ドクッ……！

哲彦《てつひこ》に近づくたび、心臓音は大きくなる。
これは疲労からじゃない。緊張感からだ。
これほど大掛かりな仕掛けを用意したんだ。それだけにミスすることはできない。
俺はここまで、完璧な演技をしている自信がある。
だが相手は哲彦《てつひこ》……完璧な演技でも上をいかれる可能性があるほどの相手だ。
二歩の距離まで迫り、俺は立ち止まった。これが友達の距離だ。
しかし不意打ちでキスをするには、さらに近づく必要がある。
ここから先が難関。
そのため俺は一計を案じた。
「人に聞かれるのはマズい。ちょっと耳を貸せ」
これならさらに近づいてもおかしくはないはずだ。

哲彦《てつひこ》も『ああ』と言って頷《うなず》いた。

してやったり、だ。

しかしそんな気持ちはおくびにも出さず、俺は顔を近づけ――

「!?」

あと少しというところで、哲彦《てつひこ》が目を見開いた。

これは勘か、本能か。一瞬で危険を察知したのが見て取れた。

俺はミスをしていないはず……なのに……哲彦《てつひこ》、あいかわらず恐ろしいやつだ……。

だがもう遅い。普通なら驚いて固まるだけ。反応の早い人間でも身構えるのがせいぜいだろう。

それなら俺の勝ちだ。強引に頭を掴《つか》み、そのままブチュっとやってしまえばいい。

この距離まで違和感を隠すことができたのなら、確定的勝利と言えた。

……相手が哲彦《てつひこ》でなければ。

「――っ!」

なん、だと……!?

哲彦《てつひこ》のやつ、瞬時に飛びのいて距離を取りやがった――!

獣のような身のこなし。危機に直面したとき、本能的に起こる硬直が、ほぼゼロだった。武道をやっている人間でもこうはいかない。人間の本能を凌駕《りょうが》する反応、速度、察知能力——化け物か、こいつ……っ！

「哲彦《てつひこ》、てめぇ……っ！」

「……おい、末晴《すえはる》……何をする気だったんだ、おい……」

ヤバい……この眼《め》……哲彦《てつひこ》は完全に俺を〝敵〟として認識している……。

ひりつくような殺気。まさにこれから【死合う】かのようだ……。

体育館は静まり返っていた。

先ほどまでの熱戦の興奮はすっかり冷え切り、俺と哲彦《てつひこ》の不穏な雰囲気にみんな口を閉ざし、ただ様子を見守っている。

「末晴《すえはる》、何か言ってみろよ……。言っておくが、言葉には気をつけろよ……。迂闊《うかつ》なこと言ってみろ……てめぇ、殺すぞ……」

「——」

誰もが絶句している。

たぶんこれ、みんなの前で初めて見せる、哲彦《てつひこ》のマジギレ姿だ。

玲菜《れな》は哲彦《てつひこ》のことを『いい意味でも悪い意味でも普通の人じゃない』と評したが、まさにそれ。

普通のやつなら『殺す』と言っても、あくまで『殺したいぐらい怒ってるぞ』の意味。

だが哲彦《てつひこ》は違う。聞いた人は全員思ったはずだ。

――こいつ、本気で殺すつもりだ、と。

それが放たれている威圧感によってわかってしまう。だから恐ろしくて、誰もが黙ってしまったのだ。

だが俺もまた引けなかった。

ここで計画を暴露してしまっては、すべてご破算。ファンクラブの穏便な解散は望めず、俺は自身の尻拭いができなくなる。黒羽《くろは》たちにも申し訳が立たず、恵須川《えすかわ》さんや玲菜《れな》、ジョージ先輩に協力してもらったことも無駄になってしまう。

下手に出たら一気に喰《く》われる……そう感じた俺は、強気に出ることを選択した。

「別に何でもねぇよ。お前こそなんでいきなり飛びのいてるんだ？　何ビビってるんだよ」

「はぁ？　ビビる？　おうおう、言ってくれるじゃねぇか……覚悟できてんだろうな……」

哲彦《てつひこ》の放つ殺気が増大する。だが俺も負けずににらみ返した。

緊張感が高まるにつれ、周囲が騒ぎ出した。

「おい、バカスコンビがやり合うのか……？」

「マジかよ……竜虎相打つか……っ！」

「嘘《うそ》、二人とも怖い……」

「甲斐《かい》くんはわかるけど、丸《まる》くんにもこんな一面あったんだ……」

「おい、賭けようぜ？　おれは甲斐《かい》に十円な」

「んなことやってる場合かよ。誰か先生呼んできたほうがいいんじゃね……？」

ざわめきや動揺が広がる中——


「——愚か者ッ！」

凛《りん》とした声が波紋となって広がる。体育館全体に理性を取り戻させるかのような一喝だった。

誰が言ったかは見なくてもわかる。この学校でこのセリフを彼女以上にカッコよく言える人間は存在しない。

「お前たち、まずは落ち着け」

生徒会副会長の恵須川《えすかわ》さんは、冷静さと優しさを兼ね備えた声で周囲の動揺を収めにかかる。

彼女への信頼感もあったのだろう。場は見るからに落ち着いていった。

が——

「おい、恵須川《えすかわ》……。入ってくんじゃねぇよ……。ぶち殺すぞ……」

「——っ！」

……恵須川《えすかわ》さんが怯《おび》えた。それが見て取れた。

マズい……格付けが済んでしまった。こうなったら最後、もう恵須川《えすかわ》さんでは哲彦《てつひこ》を抑えられない。

場の空気を落ち着かせていた恵須川《えすかわ》さんが怯《おび》えたことで、一瞬にして皮膚を刺すような緊張感が戻ってきた。

ただ恵須川《えすかわ》さんを責めることなんてできない。いくら剣道をたしなむ女傑と言えど、一女子高生。これほどの殺意を放つ相手なんていなかっただろう。だから怯《おび》えるのは当然と言える。

俺が哲彦《てつひこ》と正面から対峙《たいじ》できているのは、殺意を向けられた経験があるからだ。

俺は子役時代、嫉妬や殺意を何度も向けられた。

ヘラヘラ笑っているのに、目が殺してやると語っていた。あの恐ろしさと同じだ。

テレビに出るような目立つ職業で大成功した以上、避けられないものだった。だから多少は慣れていた。

俺は恵須川《えすかわ》さんを下がらせようと思い、手を掲げた。

「恵須川《えすかわ》さん、大丈夫だから。ここは俺に任せろ」

これ以上、彼女に頼るわけにはいかない。

だが恵須川《えすかわ》さんは俺の手をどけると、指先を震わせたまま足を一歩前に進めた。

「丸《まる》……もういい。私から言ってやる」

意味がわからなかった。しかし恵須川《えすかわ》さんは俺に目配せで黙っているよう合図をしてくる。

どう出るか迷っている間に恵須川《えすかわ》さんはさらに前に出て、周囲を見回し、高らかに宣言した。

「——私は丸《まる》と付き合っているっっ！」

静寂が波紋となって広がり……言葉の意味がじわじわと浸透し……数秒経《た》って爆発した。

「ええええええええええええっ！」

「マジかよぉぉぉぉぉぉ！」

「でもあの真面目な恵須川《えすかわ》さんが嘘《うそ》をつくなんてことは……」

「だとすると……志田《しだ》さんは……？」

「可知《かち》さんや桃坂《ももさか》さんだって……」

「これ、もしかして略奪⁉」

「副会長、やむを得ずファンクラブのリーダーやってるって……」

しかしその間にも時は動いている。

俺はまったく意味がわからず、混乱した。

…………あれ？　いつから？　聞いてないよ？

俺と？　恵須川《えすかわ》さんが？　付き合ってる？

…………ん？　え？　どういうこと？

「興味ないふりして丸《まる》くんに近づいていたの……？」

「おいおい、マジかマジか⁉　どーなるんだよ、これ！」

体育館はハチの巣をつついたような大騒ぎになった。

噂《うわさ》や憶測が泡のように浮かび、次々と消えていく。

「まさか……そんな……えっちゃん……」

黒羽《くろは》が声を震わせれば、

「くっ、やっぱり私はあの副会長、怪しいと思っていたのよ……っ！」

白草《しろくさ》が激高し、

「…………」

真理愛《まりあ》は押し黙って周囲を観察している。

あれほどキレていた哲彦《てつひこ》さえ驚きを隠せず、目を丸くし、状況を把握できずにいた。

一人冷静でいる恵須川《えすかわ》さんが淡々と説明する。

「甲斐《かい》、お前ならすでに察していると思うが、丸《まる》が話していたポエム帳については嘘《うそ》だ。ジョージ先輩が丸《まる》にバラすよう迫っていたのは、私と付き合っていることだ。偶然、私と手を繋《つな》いでいるところを見られてしまったんだ」

「……ほう」

「さっき丸《まる》が近づいたのは、このことをこっそり耳打ちして周囲を収めるのを手伝ってもらおうと思ったからだ。正直なところ、万が一にも負けるとは思ってなかったが、もし負けた場合は甲斐《かい》に相談するよう丸《まる》にアドバイスしていた」

「……まあ確かにこのネタなら、ジョージ先輩が言いふらしても誰も信じねぇな。そして真理《まり》愛《あ》ちゃんのことを考えれば、暴露させたいネタではあるか……」

哲彦《てつひこ》は考え込み始めた。

恵須川《えすかわ》さんの衝撃発言で怒りは吹き飛んだらしい。だがまだ引っかかっていることがあるのか、どこか警戒しているように見える。

とはいえ今、哲彦《てつひこ》のことは後回しだ。

ファンクラブの子が俺のところに押しかけてきて、大変な状況になっていた。

「すーぴん、どういうこと⁉」

「丸《まる》くん、何でそんなことになってるの！」

「ちょ、ちょーっと待って！」

俺はなだめようと必死に声をかけるが、怒りに火がついてしまったファンクラブの子たちの勢いは凄《すさ》まじくて収まりそうにない。

しかし俺以上に恵須川《えすかわ》さんがヤバかった。

「恵須川《えすかわ》さん、何でよ！　何でそんなことするの！」

「リーダーになったのって、これが目的⁉」

「裏切り者！」

俺と恵須川《えすかわ》さんは付き合ってない。しかし真実を知らないファンクラブメンバーからすれば、中立を期待されてリーダーをやっていた恵須川《えすかわ》さんは、裏切り者に見えるだろう。

恵須川《えすかわ》さんは黙して反論せず、罵詈雑言《ばりぞうごん》を一身に引き受けていた。

(ダメだって、恵須川《えすかわ》さん……っ！)

ここに来て、俺は恵須川《えすかわ》さんの意図が理解できた。

恵須川《えすかわ》さんは『哲彦《てつひこ》にキスをして話を丸く収める』という計画の達成が不可能と判断したのだ。

哲彦《てつひこ》がとっさに逃げ、俺と険悪になった時点で計画の破棄を決意。次善の策として俺と付き合っていると嘘《うそ》をつき、ファンクラブの解散だけでも達成するつもりなのだろう。

だがそれではあまりにも恵須川《えすかわ》さんの負担が大きすぎる。

俺はファンクラブの子を押しのけ、恵須川《えすかわ》さんの前に割って入った。

「ちょ、待って！　違うんだ！　恵須川《えすかわ》さんは――」

「いいんだ、丸《まる》！　私は以前から丸《まる》が好きだったんだ！」

堂々とした告白に、一瞬周囲は押し黙った。

「私は裏切り者で、卑怯者《ひきょうもの》だ！　丸《まる》に近づきたくてファンクラブのリーダーになった！　それはどう責められても仕方がない！」

凄《すご》い、迫真の演技だ……。俺でさえ引き込まれそうなほどの迫力がある……。事情を知らない女の子が聞けば、真実を話していると受け取ってしまうだろう……。

「ひどいっ!」

「どうしてそんなひどいことができるのっ!」

恵須川《えすかわ》さんの迫真の告白に対する反応は、当然のごとく罵倒だった。

だが——そんなのはダメだ!

恵須川《えすかわ》さん……それは俺がかぶる罪だ……恵須川《えすかわ》さんがかぶるものじゃない……っ!

「やめろ! 恵須川《えすかわ》さんにひどいこと言うな!」

俺は彼女たちの間に割って入り、恵須川《えすかわ》さんをかばうように立ちはだかった。

ファンクラブの女の子たちの瞳孔が開き、俺を見る目が険しくなっていく。

(……もういい。別に嫌われてもいい)

これ以上は見過ごせない。恵須川《えすかわ》さんが責められるのは間違っている。

(恵須川《えすかわ》さんが悪者になるくらいなら……計画をぶちまけてやる)

優しい人間を不幸にしてはいけない。それだけは間違いないはずだ。

——よし、覚悟は決まった。さぁ、やるぞ。

そう思い、大きく口を開けたときだった。

「はいはーい、通して欲しいっス～」

気の抜けた声が耳に届いたのは。

ファンクラブの子たちの間から現れたのは、声の主である玲菜《れな》……そして玲菜《れな》に背中を押される哲彦《てつひこ》だった。

「皆さん、すまないっスね。……ほら、テツ先輩。あのキレ方はないっスよ。誤解だったたってわかったのなら、一言くらい謝るべきっス。それ、人として当然のことっスよ？」

玲菜《れな》に押し出され、哲彦《てつひこ》は俺の傍《そば》までやってきた。

視線を逸《そ》らし、嫌々といった雰囲気。玲菜《れな》に説得されたのだろう。謝りたくねぇなぁって考えているのが一目瞭然だ。

それでも一応、謝る必要はあると思っているらしい。そんな必要なんてないって思っていれば、哲彦《てつひこ》は寄ってくることさえしなかっただろう。

「ほら、テツ先輩。早く言うっス」

「押すんじゃねぇよ」

今、俺のところにはファンクラブの子たちが押し寄せてきていて、壁を作っている。なのでさらに玲菜《れな》は哲彦《てつひこ》の背中を押し、俺と会話ができるようにした。

哲彦《てつひこ》は本当に謝るのが性に合わないのだろう。まごまごしている。

だがそのとき俺の目に入ってきたのは、哲彦《てつひこ》の背後でウインクをする玲菜《れな》だった。

……そうか！


閃《ひらめ》きが走る。

今、哲彦《てつひこ》との距離は、先ほど近づいたときと同じくらい。

なのに哲彦《てつひこ》は俺から視線を逸《そ》らしている。

しかも背中は玲菜《れな》が押していて、逃げられない。


そう、今なら――

さっき不発となった計画が、実行できる――


千載一遇の好機。都合がいいことに注目も集まっている。

これは恵須川《えすかわ》さんを見かねた玲菜《れな》が出した、最高のアシストだ。

（ナイスパスだ、玲菜《れな》。きっちり決めてやるぜ――）

俺は覚悟を決めて哲彦《てつひこ》に近づくと、両手で哲彦《てつひこ》の頭をがっちり固定した。

「んっ⁉」

哲彦《てつひこ》が逃げようとするがもう遅い。頭を抱えられている状態では逃げられない。

――油断したな、哲彦《てつひこ》。お前の負けだ。

そして俺は力ずくで哲彦《てつひこ》の顔を正面に向けると――――哲彦《てつひこ》の唇を奪った。

――ブチュウウゥウゥウゥウ！

と音が出るような、熱烈なキスだった。

「……へ？」
「……は？」
「……え？」
「……ふぃ!?」

絶句、という言葉が正しいだろう。誰もが声を失っている。

当初気づいていない人もいたが、皆、俺たちから目を離さないまま、ある人は隣の人の袖を引き、ある人はこちらを指すことによって、とてつもない光景が繰り広げられていることを伝えようとしていた。

俺はあまねく周囲に伝えるため、たっぷり五秒間キスをし続けた。誰も見てなくて、した意味がないなんてことにならないようにするためだ。

俺は唇を離すと、両腕を広げて高らかに宣言した。


「これが本当の秘密だ！」


反応は返ってこない。誰もが度肝を抜かれ、魂を抜かれたような表情になっている。

その隙にとばかりに、俺は息もつかせず事情を語った。

「恵須川《えすかわ》さんは俺の秘密を知っていて、かばってくれたんだ！　だが恵須川《えすかわ》さんが責められるのはもう見ていられない！　だから正直に言う！　俺の本命は〝哲彦《てつひこ》〟なんだ！」

さぁトドメだ。

トドメは朱音《あかね》から伝授された〝魔法の言葉〟。

この言葉でみんなの口を封じれば完了だ。

俺は大きく息を吸い込むと、天井へ向けて力の限り叫んだ。


「——察して、て、くれぇぇぇぇぇっっっっ!!」

体育館が静寂に包まれる。

「…………」

「…………」

「…………」

「…………」

「…………」

黒羽《くろは》、白草《しろくさ》、真理愛《まりあ》はもちろんのこと、各種ファンクラブ、バド部から野次馬たちまで、あまりの出来事にほんの数瞬、時間が止まった。

「「「えええええええええええぇぇぇぇぇぇぇぇぇぇぇぇっっ！」」」

そして時は動き出す。

怒号、悲鳴、阿鼻叫喚《あびきようかん》。

地獄と呼ぶにふさわしい光景が体育館に広がっていた。

あまりのことに哲彦《てつひこ》は白目を剝《む》いて倒れている。

恵須川《えすかわ》さんはため息。玲菜《れな》はジト目で呆《あき》れ顔《がお》。ニコニコしているのはジョージ先輩くらいだ。

「そういうこと……。もーっ、ハル、また無茶をして……」

「何かあるとは思っていましたが……この演技力、そして実行力……さすが末晴《すえはる》お兄ちゃん

「……」

「ううっ、意味はわかったけど、スーちゃんのこんな姿見たくなかったわ……」

ここまで来て黒羽《くろは》、白草《しろくさ》、真理愛《まりあ》は事情を察してくれたようだが、さすがにドン引きしている。

「す、すーぴん……」

「そ、そんな……丸《まる》先輩……」

そして俺のファンクラブの女の子たちは——ただただ唖然《あぜん》としていた。

「キタアアァァアアァア！　まさかの末《すえ》×哲《てつ》展開!?　哲《てつ》×末《すえ》が本命だったけど、これもアリねっっっ！」

一部が猛烈に盛り上がっているが、もう相手にする気力などない。

「あは、はは、ははは……」

俺は膝から崩れ落ちた。

これしか解決方法がなかった。後悔はない。とはいえ……。

やらかしてしまった事実に、乾いた笑いを漏らすしかなかった。

# エピローグ

＊

俺がジョージ先輩との勝負に負けた結果、『秘密の暴露』ということで哲彦《てつひこ》にキスをした――通称〝察してくれ、群青《ぐんじょう》〟事件を機に、穂積野《ほづみの》高校では『察してくれブーム』が巻き起こっていた。

「おい、数Ⅱの予習やったか？」

「察してくれ」

「そうか……」

「ねぇねぇ、昨日A組の佐藤《さとう》くんと歩いてなかった？」

「ごめん……察して」

「あ、そうだよね。わたしこそごめんね」

なんていうやり取りが学校中で行われるようになっていた。

「死にたい……」

俺は机に突っ伏していた。

一日経《た》てば少しは落ち着くだろう……と思っていたが、まったくそんなことはなかった。

俺が行く先々で視線が集まり、囁《ささや》かれ——そのくせ誰も話しかけてこない。

つまり『察してくれている』わけである。

「うううぅぅぅぅぅぅ……」

バカ野郎、俺は女の子大好きだぞ……。察するならそこまで察してくれよ……。

やむを得ない手段だったとはいえ、強烈な反動に俺の魂は抜けかけていた。

「ようっ、丸《まる》！」

「フッ……」

突如やってきたのは小熊《おぐま》と那波《なば》だった。

小熊《おぐま》は暑苦しくも俺の肩に筋肉隆々の腕を回すと、がははははっと豪快な笑い声を上げた。

「いやー、お前のこと勘違いしてたぜ！」

「それはこっちのセリフだ。お前が絶対に勘違いしてるって断言できるんだが」

「ま、それ以上言うな！　おれはわかってるから！」

いやそれがわかってねぇって言ってんだよ。

そう突っ込みたかったが、この流れを止めるわけにもいかず、俺は心の叫びをぐっとこらえることしかできなかった。

「しかし、そうかぁ。だから志田《しだ》さんとあれだけ仲良くてもくっついてなかったんだな、はっはっは!」

「あれほど魅力的な可知白草《かちしろくさ》に手を出さない理由が、ようやくわかった……。ずっと見抜けなかったオレの目の節穴ぶりが情けない……。すまなかったな……」

「最初から言ってくれればもっと早く仲良くできたのによ! 水くせぇぜ!」

「フッ、まったくだ……」

今日一日、妙に男子たちから優しくされている。いつもなら俺の一挙手一投足に怒り、呪い、どこからかバットを持ち出してくるようなやつらが、だ。

玲菜《れな》にホットラインで理由を聞いてみたところ『パイセンは女の子にモテているって見られていたっスけど、それが実はパイセンのカモフラージュで、本命はテツ先輩という認識が広まっているっス。なので男子たちの嫉妬対象から外れたんスね』とのことだった。

何その分析。死にたくなるんだけど。

「あれ、そういや甲斐《かい》は?」

小熊《おぐま》がキョロキョロと教室内を見回した。

「あいつなら二時限目が終わった後からサボりだ」

哲彦《てつひこ》は周囲の噂《うわさ》になっているのに嫌気がさし、とっとと帰ってしまった。

くそっ、教師から親にチクられることがなければ、正直俺もサボりたかったぞ!

「そうか、あいつにも奢《おご》ってやるつもりだったんだがな……」

「いやさ、カミングアウト記念に牛丼でも奢《おご》ってやろうと那波《なば》と話しててな。ま、飯食えば人間元気が出るし、これからは仲良くやっていこうぜってことだ！」

「何のことだ？」

那波《なば》はうんうんと頷《うなず》いた。

ここ十日ほど、俺は女の子の可愛《かわい》らしい笑顔や華やかな黄色い声に囲まれていた。

だが今は――果てしなく暑苦しいだけだった。

自分で決めてやったことだ。だから結果は甘んじて受け入れるが……。

「うううううぅぅぅぅ、いかんともしがたしぃぃぃ！」

俺は頭を抱えて転がった。

「んじゃ丸《まる》、駅前に行こうぜ！」

「フッ、そうだな……」

あー、なんてむさいんだ……。

女の子に囲まれて渋谷《しぶや》を歩いた、輝かしいあの日はもう戻ってこない……。

そう思うと悲しくなって、怒りがこみあげてきて――吹っ切れた。

「ちっくしょぉぉぉ、こうなったら食いまくってやるぜぇぇぇ！　小熊《おぐま》！　那波《なば》！　金は用意してあるんだろうな？　腹が破裂するまで食ってやるぜぇぇぇ！」

「おっ、気合い十分じゃねぇか！」

「フッ、行くか……」

こうして男三人で駅前に繰り出した。


それから二時間後──俺は一人、近所の公園のベンチで休んでいた。

小熊《おぐま》と那波《なば》の奢《おご》りでやけ食いをしたはいいが、腹が膨れすぎてフラフラに。二人と別れて帰途についたが、公園近くで限界が来てしまったのだった。

とりあえずもう少し胃の消化を待つしかないかと思っていたところ、

「……ハル？」

私服姿の黒羽《くろは》が通りかかった。

黒羽《くろは》は俺を見つけるなり、胸に手を当て安堵《あんど》したような表情を見せた。

「よかった、変なことになってなくて」

「変なことって何だよ……」

「だって、小熊《おぐま》くんや那波《なば》くんとやけ食いをしに行ったって人づてに聞いて。ホットラインしても返ってこなかったし」

携帯を見ると……ホントだ。気づかなかっただけで、黒羽《くろは》からメッセージが届いている。

俺はバツが悪くて、強がった。

「心配かけて悪い。少し食い過ぎただけだから、放っておいてくれれば大丈夫だって。……うっ」

話していたら胃の内容物が逆流しかけた。

黒羽《くろは》は目を細め、俺の横に座った。

「で、やけ食いした理由は？　まあ〝察してくれ、お姉ちゃん、群青《ぐんじょう》〟事件のせいってことはわかってるけど、そもそも何であんなことをしたのか、お姉ちゃん、ハルの口から聞きたいな」

昨日から黒羽《くろは》だけでなく、白草《しろくさ》や真理愛《まりあ》からも詳細を教えて欲しいと連絡があった。しかし俺は携帯の電源を切ったあげく、ゲームで現実逃避をしていた。チャイムも鳴ったが無視した。なので黒羽《くろは》も事情は知らないというわけである。

正直なところ、理由を言いたいような……でも言いたくないような……という矛盾した心境だった。自暴自棄と言われればそうかもしれない。

ただ俺は、お世話するお姉ちゃんモードになった黒羽《くろは》に勝てたことがなかった。

だから観念し、話すことにした。

「……だってさ、クロは俺に告白してくれて、『おさかの』の関係になったのに、俺はファンクラブができたとたん舞い上がっちまって……。時間が経《た》って冷静になったら、俺、凄《すご》くクロに失礼なことをしていたんだなって気がついて……。だから俺、自分自身で解決しなきゃと思って、ファンクラブをうまく解散する方法をアカネに考えてもらって、レナと恵須川《えすかわ》さんとジヨージ先輩に協力してもらって実行したんだ……」

話せば話すほど情けなくなり、黒羽《くろは》に申し訳ない気持ちでいっぱいになった。

黒羽《くろは》は額に手を当て、大きなため息をついた。

「もーっ、本当におバカなんだから……」

「うう……だってよ……」

「ハル、気がつくの、遅い」

黒羽《くろは》は短く告げ、口を尖《とが》らせた。

「ハルのこと、信じてるって言ったけど──心配だったんだから」

むくれた横顔が滅茶苦茶《めちゃくちゃ》可愛《かわい》らしくて。

ただ怒られるよりずっと大きな罪悪感がこみ上げてきた。

「──すいませんでしたぁぁぁ！」

俺は公園のベンチ前で土下座した。

少し離れたところから『ママー、あのお兄ちゃん何やってるのー』『しっ、見ちゃダメよ』

という声が聞こえてきた。アーアーキコエナイー。

「許す」

黒羽《くろは》は深々とため息をつくと、俺の手を引いて立たせた。

「自分の身を切って誠意を見せてくれたこと、あたしは評価する」

「クロ……」

「ただ一つ条件つけていい？」

「何だ？」

「今週の土曜、デートね。もちろん可知《かち》さんにもモモさんにも内緒で」

「了解しました……」

何だか俺、段々調教されている気が……。

なんて思ったが、考えてみれば俺たちは元々こんなような関係だった。


やけ食いした翌日の放課後、中庭で恵須川《えすかわ》さんから正式にファンクラブ解散を告げられた。

「皆、君の想《おも》いを察し、ファンクラブ自体が迷惑になると考え、解散することに同意した」

「了解……。予定通りでよかった……」

俺は絶賛体調不良中だった。胃の調子が悪くて食欲がわかず、昼ご飯も食べられない有様《ありさま》だ。

原因は昨日の食いすぎ、そして――精神的疲労だった。

『察してくれブーム』は終わる気配を見せないどころか広まる一方。さすがに動画として公開されることはなかったが、校内の隅々にまで噂《うわさ》は伝わっている。

なんというか、気持ち的にはぐったりといった感じだった。

「そういや恵須川《えすかわ》さん、お礼言うの遅くなったけど、あのときかばってくれてありがと」

「かばう？」

「ほら、計画が失敗しかけたとき、俺と付き合ってるって嘘《うそ》ついてくれたじゃん」

「ああ」

恵須川《えすかわ》さんは頰を掻《か》いた。いつも明快な彼女にしては珍しく気まずそうな表情をしている。

「いいんだ。お礼を言われる筋合いではない」

「お礼を言うことだって。全部自分が泥をかぶって解決しようとしてくれたんだろ？」

「いやまあ、そこまでては……」

「特に迫真の告白までしてくれてさ。俺、申し訳なくって……」

「…………」

あれ、恵須川《えすかわ》さんの表情が険しくなったような……。

「信じちゃった人、いないか？　俺をかばったことで迷惑かかってない？」

「迷惑はないが、現在多少不愉快ではある」

「何でだよ⁉」

俺は思わず突っ込んだが、体調不良によりふらついてしまった。

「顔色が悪いぞ。まず座れ」

「悪い」

お言葉に甘えて俺は中庭のベンチに座った。

恵須川《えすかわ》さんは見るからに気力が充実しているためか、俺の向かいに立ち、座る気配はない。

「体調不良になるのも無理のない状況だが……大丈夫か？」

「覚悟をしていた分、告白祭の後に比べれば随分マシ……と思うことにしてる……」

「すべてを知っている私としては、無茶苦茶だが最後は自分で尻拭いをした、男らしい解決方法だったと思っている」

そう言って、恵須川《えすかわ》さんは栄養調整食品のゼリーをカバンから取り出した。

「私の隠し飯だ。食べろ」

「いいのか？　ってか、隠し飯って？」

「部活や生徒会の後、どうしてもお腹《なか》が空《す》いたときだけ食べる隠れたご飯のことだ。低カロリーで満腹度を上げるためゼリーにしているが、今の君にはちょうどいいだろう」

「いやー、ありがたい。昼、ほとんど食べられなくてさ……。でもさすがにお腹《なか》が空《す》いてて……助かる」

「本来こういうのは志田《しだ》の役目のはずだと思うが、いないのか？」

「あー……さっき教室にモモが入ってきて、いつの間にかクロと今週の土曜に出かけることがバレてて、シロも混ざって三人でどこかへ行っちまった……」

「はぁ、あいつららしいか」

　俺がゼリーを胃に投入していると、恵須川《えすかわ》さんは姿勢を正した。

「そうだ。これでファンクラブが解散し、リーダーの役目も終わった。君の協力依頼を果たしたことになったはずだ」

「そうだな。本当にありがとう。うまくいったのは恵須川《えすかわ》さんのおかげだ」

「それで報酬の話だが」

「……覚えていたか」

　俺は舌打ちをして、視線を逸《そ》らした。

「おい、今、舌打ちしなかったか？」

「シテナイヨ？」

「わざとらしい嘘《うそ》をつくな……末晴《すえはる》」

「……ん？」

　取ってつけられたかのように名前で呼ばれ、俺は目を丸くしてしまった。

「恵須川《えすかわ》さん、今、俺のこと名前で呼んだ？」

「わ、悪いか、愚か者！」

　恵須川《えすかわ》さんが狼狽《ろうばい》してるの、初めて見たかもしれない。

「いやいや、悪くはないんだけど、驚いたというか。恵須川《えすかわ》さんってすげーちゃんとしてるから、名前で呼ぶ印象なくてさ」

恵須川《えすかわ》さんは腕を組み、心底不満そうに鼻息を荒くした。

「私だって女子高生だ。今まで男友達なんていなかったが、そろそろ一人や二人作って、仲良くしてみたいって気持ちくらいある」

「うおっ、まさかの発言」

ホント意外。凛《りん》としていて、剣道やっていて、風紀委員長みたいな生徒会副会長で。

色恋なんて軟弱者のすることだ、と断じそうな彼女が男友達を作ってみたいとか、意外すぎる。

「うるさいぞ。文句を言うな」

「……ん？　もしかして、これが報酬……？」

「鈍いやつだな。そういうことだ」

男友達として仲良くして欲しい――が、恵須川《えすかわ》さんが望む報酬？

……そりゃすぐには気づけないって。

ただ、意味を理解した今、一番強く感じる気持ちは『光栄』だった。

俺は彼女からの好意を華やかに彩《いろど》るため、今までやってきた役の中で、もっとも礼儀正しいキャラをイメージしてひざまずいた。

「光栄です、お嬢様。もしよろしければ、わたくしからも名前で呼んでよろしいでしょうか？」

「君は私をバカにしているのか？」

軽く小指の関節を極《き》められた。ごめんなさい。

一生懸命バカにしたわけじゃないことを説明し、ようやく手を離してもらった。

俺はやり方を間違えたことを悟り、改めて言い直した。

「じゃあこれからもよろしく。えっと、と、と……」

「橙花《とうか》、だ」

抜き身の刃《やいば》のような殺気が向けられる。

俺は笑ってごまかすしかなかった。

「あははは！　わかってた！　わかってたって！　橙花《とうか》！」

「……嘘《うそ》をつけ」

「いや～、生徒会副会長が友達なんて頼もしいな～」

「歯が浮くようなセリフを言うな。あと校則違反はほどほどにな」

「そこは友達特権ということでこっそり見逃してもらうわけには……」

「友達だからこそ、厳しく取り締まるのが私のスタンスだ」

「……気をつけます」

ほら、友好のお約束事だろ？　と言わんばかりに橙花《とうか》が手を差し出してくる。

その武骨さがいかにも橙花《とうか》らしくて、俺は思わず笑ってしまった。

「何がおかしい」

「いや、別に」

「私はからかわれるのが嫌いだ」

「奇遇だな、俺もだ」

「ならばからかわれないような行動をだな……」

「そいつは無理だな。俺はお前が思っているよりずっとおバカなんだ」

俺が胸を張って自分自身に親指を向けると、橙花《とうか》は呆《あき》れたようなため息をつき、手を離した。

頼もしい友達ができた。お姉さん的な優しさがあるが、黒羽《くろは》とは違い、もっと上から見守ってくれる……そんな安心感が彼女にはある。

橙花《とうか》は何を思ったのか、くるりと回転し、俺に背を向けた。

「くだらない初恋、か」

「……ん？　今なんて？」

「勇気のない私にしては、頑張ったほうかな……」

「橙花《とうか》？」

「何でもない」

橙花《とうか》が反転して正面を向く。

そのとき浮かんでいた笑顔は、仏頂面《ぶっちょうづら》ばかりの彼女の表情とは思えないほど、朗らかで温かなものだった。

「橙花《とうか》、いつもそんな感じで笑ってたほうがいいぞ」

「……へ？」

「キリっとしてるより、ずっと可愛《かわい》くていいと思う」

「っっっ！」

お世辞ではなく、これは心から思ったこと。友達としてラインを引いたから、さらりと言えた言葉だった。

橙花《とうか》は真っ赤になり、鬼のような形相をした。

「っ——愚か者ッ！」

「何で怒るんだよ！　褒めたのに！」

「愚か者！　馬鹿者！　痴《し》れ者《もの》！　ちゃんと区切りをつけたのに——私のさっきの決断はいったいどうすれば——」

「何を言ってるんだ？」

「とにかく謝れっ！」

そう言って、指の関節をまた極《き》めてきた。

「いだだだっ！　すいませんすいませんすいません——っ！」

「……ふんっ、このくらいで許してやる」

「友達になったのに、どうして前より攻撃されているんだろう……」

「自分の胸に聞いてみるんだな」

彼女らしくない、ちょっといたずら心が混じっている笑顔。それが親しみと可愛《かわい》らしさを醸《かも》し出《だ》し、『秩序』によって抑えられていた等身大の女子高生としての輝きが放たれている。

名前で呼び始めて初めて気がついた。

そう、彼女の名前は橙花《とうか》。

彼女には、橙色《だいだいいろ》の夕日の中で花のように微笑《ほほえ》むのが一番似合っている。

*

一方そのころ、阿部《あべ》はとある店の前に立っていた。

ジャズ喫茶&バー『smoking gun』。

歓楽街の中にあるビルの地下一階にあり、店名はビルに入居している店の一覧に書かれているだけ。そのため外からではメニューはおろか、営業しているかどうかすらわからない。

それだけでも店主の偏屈さを感じるのに、階段を下りてみれば、重々しい木製の扉。紹介のない者はお断りと言わんばかりだ。

「大丈夫かな……」

中に入ったら最後、いかがわしい売買に巻き込まれたり、大柄な男たちに身柄を押さえられて法外な金額を請求されたりするのではないだろうか。そんな連想がすんなりできるような禍々《まがまが》しい雰囲気だった。

阿部は携帯のロックを解き、再度地図と店名を確認した。

……合っている。ならば入るしかないか。

覚悟を決めて阿部《あべ》は扉を開いた。

「……らっしゃい」

カウンターにいた、ひげを生やしたマスターが低い声を発する。さすがバーを兼ねているだけあって酒瓶が並んでおり、マスターの雰囲気も明らかに夜の人間だ。

場違いであることを自覚し動揺した阿部《あべ》だったが、ひとまずカウンターに向かいつつ、店内を見渡した。

壁際《かべぎわ》に据え置かれた高級スピーカーからジャズが流れている。

キャパはせいぜい二十人ほど。テーブルも四つだけ。しかし調度品はどれも洒落《しゃれ》ていて、センスが統一されている。奥にある空白のスペースはライブ演奏用に空けてあるのだろう。夜、照明を抑えるだけでムードたっぷりの店内になることは想像に難《かた》くない。

(――いた)

一番奥のテーブルをたった一人で占領している店内唯一の客。

阿部《あべ》はカウンターに座るのをやめ、テーブルの客に話しかけた。

「ここ、いいかな？　甲斐《かい》くん」

「……はぁ？」

ノートパソコンに向かい集中していた哲彦《てつひこ》が顔を上げ——思いきり嫌そうな顔をした。

「げっ、先輩がどうしてここに……」

「昨日から君が学校をサボっていたから、頑張って調べたのさ」

「そうか、玲菜《れな》のやつだな。あいつ……」

哲彦《てつひこ》が奥歯を噛《か》みしめる。

阿部《あべ》は危険を察知して経緯を説明することにした。

「言っておくけど、浅黄《あさぎ》さんは関係ないよ。僕は君の中学校の同級生に話を聞き、その中の一人からここを教えてもらったんだ」

「あれじゃないか、哲彦《てつひこ》。お前、中学のころ、カッコつけてこの店に何人か女の子を連れてきたことあるだろ？　その中の一人がしゃべったんだろう」

マスターのツッコミに、哲彦《てつひこ》は舌打ちした。

マスターの予想は正解だった。

だがそれよりも気になったのは、マスターと哲彦《てつひこ》の親しげな雰囲気だった。

「名前……聞いてもいいかな？」

突然マスターからそう問われ、阿部《あべ》は瞬時に反応できず、思わずためらってしまった。

その一瞬の間に哲彦《てつひこ》は口を封じるように会話に入ってきた。

「何で聞くんだよ？　こいつ、すぐ帰るから。つーか、追い出すから」

「せっかくここまで来てくれたんだ。叔父として、もてなすのが礼儀だと思うが」

叔父⁉

（なるほど……）

阿部《あべ》は納得した。

この年の差、なのにため口、高校生なのにジャズ喫茶の常連、などといった疑問が『叔父』の一言で氷解する。

阿部《あべ》は礼儀正しく頭を下げた。

「阿部充《あべみつる》です。甲斐《かい》くんの先輩に当たります」

「甲斐清彦《かいきよひこ》だ。どう呼んでもらっても構わないが、ここではだいたいマスターと呼ばれるかな。まあとりあえず座って。昨日いい豆が入った。自慢のブレンドをご馳走《ちそう》しよう」

「叔父さん、だからいいって！」

哲彦《てつひこ》は激高するが、マスターは眉一つ動かさない。慣れているというか……一枚も二枚も上手というか……とにかく大人の余裕が凄《すご》い。

哲彦《てつひこ》の抵抗を無視し、マスターが座るよう促す。

阿部《あべ》は頷《うなず》き、哲彦《てつひこ》の向かいに腰を下ろした。

「先輩さぁ、この前オレはあんたに暴力振るってるんだぜ？　なのに笑顔でやってくるってどういうことだよ？　オレ、あれで縁を切ったつもりなんだけど」

「ああ、あれね」

哲彦《てつひこ》の逆鱗《げきりん》に触れ、壁に叩《たた》きつけられた。

確かに驚いたし、恐怖も感じた。

しかし同時に、ここで退《ひ》いたら一生交わらない、と直感した。

哲彦《てつひこ》がただただ暴力的な人間なら二度と会いたくなかっただろう。

だがそうじゃない。哲彦《てつひこ》はあのとき、理由があって暴力的になってしまっただけだ。それは明らかだった。

踏み込み方を間違えてしまったのは自分のほうだ。人には触れられたくない部分が誰しもある。そこに土足で踏み込んでしまったのだ。本来ならもっと仲良くなってから、より慎重に触れなければならない話題だった。

「僕はね、志田《しだ》さんのやり方を見習おうかなと思って」

じゃあどうやれば哲彦《てつひこ》ともっと仲良くなれる？　どうやればより慎重にあの話題に触れられる？

正直なところ、うまい方法などない。哲彦《てつひこ》が他人と仲良くなりたいと思っていないためだ。

そもそもその大切な領域に誰も入れるつもりはないのだろう。

ならばすべてを壊す覚悟で何度もアタックしてみようと思った。

そう、黒羽《くろは》のように。

「よくよく考えてみたら、別にキレられても、また会いに来ちゃダメなんて法律ないんだよね。君は放っておいたら何も言ってくれないだろう？　だからまあ、しつこく付きまとうのもありかな、と思って」

「それ何て言うか知ってますか？」

「うーん、ストーカーかな？」

「わかってるじゃないすか」

「君ならそう言うかなと思っただけだよ。顔を合わせて普通に会話するだけでストーカーとして立件するのは無理だと思うよ？」

「それがわかってるからムカついてるんすけど」

「それは残念。僕は楽しいのに」

「お前の負けだな」

マスターはビターな香りを漂わせるコーヒーをテーブルに置いた。

「ちょ、叔父さん！　どっちの味方だよ！」

「もう少しこの先輩の話を聞いてみたいから、先輩側だな」

「クソが」

哲彦《てつひこ》は完全にふてくされてしまった。隣の席に足を投げ出すという、他に客がいたら完全にマナー違反の行動をすることで拒絶の意志を示している。

阿部《あべ》はそんな無作法を軽く流し、ゆっくりとブレンドの香りを楽しんでからカップに口をつけた。苦みが舌に広がり、鼻腔《びこう》を通って再び深い香りを楽しませてくれる。

「コーヒー、おいしいです。ありがとうございます」

「それはよかった」

「…………」

わざわざ向かいに座ったのに、自分に話しかけてこないことが気に食わないらしい。

そんな哲彦《てつひこ》の様子を阿部《あべ》は笑顔で眺めていた。

「先輩、何なんすか。わざわざここまで来て、何やってるんすか」

「え？　でも目的はすでに達成したし」

「はぁ？　達成？　どこが？」

阿部《あべ》はブレンドを楽しみつつ説明した。

「ここへ来た理由は二つあってね。一つは君との関係を修復することだ。まあそれは先ほどからの会話である程度達成できたかな、と思って」

「どこがだよ」

「いやまあ、この感じなら学校でまた話しかけても、無視されることはないんじゃないかな。当然嫌な顔はされるだろうけど、どうせいつものことだし。それは気にする必要はないだろう？」

「おい、そこは気にしろよ」

「マスター、甥《おい》っ子《こ》さん、昔からこんなにひねくれていたんですか？」

「ああ、昔からだ」

「おい！」

「大変でしたね」

「まあ可愛《かわい》いもんさ」

阿部《あべ》は哲彦《てつひこ》に爽やかスマイルを向けた。

「よかったね、甲斐《かい》くん。懐《ふところ》の深い叔父さんで。君は素敵な叔父さんがいることに感謝すべきだと思うよ」

「哲彦《てつひこ》、先輩がいいこと言ってくれたぞ。ぜひとも感謝するべきだ」

「はぁ〜〜」

哲彦《てつひこ》は机に肘をつき、やってられないとばかりに頭《かぶり》を振った。

「聞かないと帰ってくれそうにないんで、しょーがなく聞くんすけど、もう一つの目的は？」

「ああ、それね。君の顔が見たくてね。だからそれも達成しているというわけ」

「はぁ？」

「だって今回は君と分析するまでもなく、白草《しろくさ》ちゃん、志田《しだ》さん、桃坂《ももさか》さんは勝ちも負けもなし。せいぜい引き分けといったところだよね。まあ白草《しろくさ》ちゃんから一連の流れを聞いて、恵須川さんの本当の気持ちがどうなのかはちょっと気になったけど……現状、白草《しろくさ》ちゃんたちと同列に語れるレベルではないし……まあ彼女については特に勝敗はいいかな、って。むしろ丸《まる》くんの計画の原案が志田《しだ》さんの妹の朱音《あかね》ちゃんからと聞いて、彼女と話してみたくなったくらいかな」

「……で？」

「となると、あとは丸《まる》くんと君だ。丸《まる》くんは敗北ではあるけれど、身辺整理したとも言える。だから校内の評判は凄《すご》いというか……まあとんでもないことになってるけど、全体で見ればやや負けくらいの判定でいいかなって見ているんだ。でも君は、下部組織を作るといった利益もあったけど、おそらく現状は完全な想定外。つまり、完膚なきまでの大敗北だよね？」

プルプル震える哲彦《てつひこ》に、阿部《あべ》はニッコリと微笑《ほほえ》んだ。

「君は今までずっと勝ってきた。今回、僕が知る限り初めての大敗北だ。だからその顔を見たいと思ったわけなんだ。理解してもらえたかな？」

「出てけよ、この野郎ぉぉぉっっっ！」

*

阿部《あべ》を無理やり追い出した哲彦《てつひこ》は、扉を閉め、鍵をかけ、そこでようやく大きく息を吐きだした。

「あの野郎……」

「面白い先輩じゃないか」

哲彦《てつひこ》はにらみつけたが、叔父は表情一つ変えずコーヒーカップを磨くだけだった。

「この店に来たお前の友達、男ではあの先輩が初めてだな」

「いやだから友達じゃねーから」

「あれだけ好き勝手言い合える赤の他人がいたら、そっちのほうが怖いだろう」

眉間をつまみつつ、哲彦《てつひこ》は元いた席に戻った。

「どうしてそんなに毛嫌いするんだか」

「オレ、ボンボンって嫌いだから。んなことよりなんか情報ねーの？　この前の『あのクソ野郎が末晴《すえはる》の過去を狙って攻撃してきそうだ』みたいなやつ」

事前に叔父からこのネタを提供されていなければ、ドキュメンタリーの始動とマスコミの抑制は確実に数日遅れていた。

一度週刊誌に報道されてしまえば、ワイドショーの格好のネタになってしまうのが普通だ。結果的にうまく抑制できたが、実際は紙一重だと感じていた。

「じゃあこのネタはどうだ？」

哲彦《てつひこ》のノートパソコンにメール受信のアイコンが出る。

開けてみると叔父からのもので、本文はなく画像だけがついていた。

「……っ！」

内容はプレスリリースだった。


【アポロンプロダクションとハーディプロの業務提携について】


文面を読み進めていくにつれて、哲彦《てつひこ》も事態が呑《の》み込《こ》めてきた。

「アポロンプロダクションって言えば、業界最大手の一つだよな」

「音楽分野では一番と言っていいかもな。逆を言えば、役者……特に子役系は弱い。そういう意味で近年、丸末晴《まるすえはる》と桃坂真理愛《ももさかまりあ》を育てたハーディプロの人脈とノウハウは、アポロンプロダクションとしても欲しいはずだ。相互補完ができるいい業務提携だな」

「でもよ、叔父さん。それ、建前だろ？」

哲彦《てつひこ》は突き付けるように言ったが、やはり叔父の表情は変わらなかった。

「推論を言ってみろ」

「だってよ、アポロンプロダクションと言えば、あのクソ野郎が元々働いていた会社だ」

ハーディ・瞬《しゅん》は大学卒業後、母が経営するハーディプロではなく、アポロンプロダクションに就職した。業界最大手の芸能事務所で人脈を作り、ノウハウを勉強して一人前になった後、家業を継ぐことになっていた。こういうことは、一般の会社でもよくあることだ。

ハーディ・瞬《しゅん》はアポロンプロダクションで頭角を現し、エースの一人と言われるレベルの仕事をしている。多くのアイドルや歌手を発掘し、実際にヒットさせてきた。

しかし去年、ハーディプロを経営していた女傑ニーナ・ハーディが体調不良となった。

ニーナ・ハーディとハーディ・瞬《しゅん》の親子はほぼ絶縁状態だった。けれどもハーディ・瞬《しゅん》の他に継げる者がいない。

そのためハーディ・瞬《しゅん》はアポロンプロダクションを辞め、ハーディプロの代表取締役社《だいひょうとりしまりやくしゃ》長《ちょう》に就任し、今に至るわけだった。

「だとすると、この提携は昨日今日で決まった話じゃなくて、それこそ去年やつがアポロンプロダクションを辞めたときには決まっていた話じゃねぇのかな?」

「ありえるな。実際、ハーディ・瞬《しゅん》がハーディプロの代表取締役社長《だいひょうとりしまりやくしゃちょう》に就任する際、アポロンプロダクションからの支援があった、という噂《うわさ》もある」

「その噂《うわさ》が本当なら、順当に家業を継いだって見られていたが、実は母親を追い落としたってことか？」

「その可能性もあるな」

「ってことは、今までは遊びのようなもの。これからが本番ってわけか」

叔父は静かに首を縦に振り、神妙な口調で言った。

「そのせいでたぶん、これからお前たちの前に最強の敵が立ちはだかると思う」

「最強の敵……？　まさか……っ！」

「そのまさかだろうな。ハーディ・瞬《しゅん》が育てた最高傑作……彼女はハーディ・瞬《しゅん》にプロデューサーに復帰して欲しいとかねてから言っていたそうだ。おそらくこの提携でゴールデンコンビが復活する」

「マジかよ……」

哲彦《てつひこ》は額の汗を拭った。

「あともう一つ。これも悪い知らせだ」

叔父がカウンターに写真を置いた。

何のことかと思って哲彦《てつひこ》が見てみると、中年の男女が写っていた。

見たことがない顔だ。……でもどこかで見覚えがある？

「誰だ、これ」

「桃坂真理愛《ももさかまりあ》の両親だ」

「っ——」

真理愛《まりあ》は小学生のとき、中学を卒業したばかりの姉に連れられ、両親の元を逃げ出したという過去を持っている。

それが、今更出てきたというのか……？

叔父は淡々と告げた。

「哲彦《てつひこ》、桃坂真理愛《ももさかまりあ》を守れ。次に狙われているのは——彼女だ」

# あとがき

どうも二丸《にまる》です！

えー、この巻が出ているとき、おまけに関してとても大きな発表が出ているはず……と聞いているのですが、この文を書いている現在、まだあとがきでその件に触れないで欲しいと言われており……その件は6巻で触れようと思います！

ということで、ここでの公表ＯＫと言われた情報としては、おまけ6巻&コミック2巻発売時の特装版の同梱品《どうこんひん》として、ドラマＣＤが決定しました！

っしゃあぁぁぁ！　初ドラマＣＤだぜぇぇぇぇ！

小説とコミックそれぞれ別のドラマＣＤなので、二種類あります！　お間違えなく！

内容をここで書いていいかわからないので伏せますが、『ほ～ん、なるほどなるほど、そこを突いてきたのね』と言っていただけるものになっているのではないかな、と思っています。

おまけはなんだか加速度的にいろんなことが決まっていて、もはやどれを話していいのかわからなくなってきた……という状況だったりします。早めにお話ししたいんですけどね！

グッズもいろいろ作っていただいて、好評だったのでさらに拡充してもらうことにもなりました！　黒羽《くろは》の等身大（148㎝）タペストリーとか結構値段するけど買ってくれる人いるのか!?　なんて思ったりしてますが、まあしぐれうい先生の絵なので大丈夫だろうと妙な楽観もしていたりします。

そうそう、前の巻ではあとがきを書き終えていて触れられなかったのですが、幼なじみが絶対に負けないラブコメ公式ツイッターができています！（@osamake_project）　毎週水曜日は豚《とん》もう先生（@tonmoh）が「#水曜日のおさまけ」って企画でイラストを描いてくれていますし、各種情報も公式ツイッターからまず発信されています！　PV声優さんのサイン色紙プレゼントなど、素晴らしい企画もやっていますので、おさまけ情報を逃したくない！　って言ってくださる方は、二丸《にまる》のツイッターか公式ツイッターをフォローしてみてください！

……あれ、あとがきなのに広報誌みたいな内容になっているぞ？　――だが、それがいい。

コロナで暗い話題が多いので、楽しい話題で埋められるのは本当に幸せなことです。個人的にエンターテインメントは心のお医者さんの一種だと思っています。自分も漫画やアニメや小説に心を救われてきました。今、その端っこにいる一人として、おさまけが皆さんの心を少しでも明るく楽しくするきっかけの一つになればいいな、と思っています。

最後に、応援いただいている皆様、編集の黒川《くろかわ》様、小野寺《おのでら》様、イラストのしぐれうい様、本当にありがとうございます！　そして今読んでいる方々、また6巻で会えれば幸いです！

二〇二〇年　八月　二丸修一《にまるしゅういち》

# 次回予告

OSANANAJIMI GA ZETTAI NI MAKENAI LOVE COMEDY

どれほど強くたくましく見える人間でも、
一度刷り込まれた恐怖は簡単には拭い去れない。
桃坂真理愛にとって、両親とはそういう存在だった。

戸惑い、怯えながらも真理愛は、
愛する人たちを守るため戦うことを決意する。

そして群青同盟の前に現れる、新たな敵。

## 【現役トップアイドル】

日本人とフィンランド人のハーフである彼女は、
ただのトップアイドルではなかった。
圧倒的な歌唱力で皆を魅了する、
本物の歌姫でもあった。

彼女のファンは言う。
『久しぶりに出てきた至高のソロアイドル』
『日欧妖精』

幼少期から英才教育を施され、
ハーディ・瞬の理想を体現した
スター中のスターにして、
一種の怪物。

## 芸能界の申し子。

NEXT
SHUICHI NIMARU PRESENTS
VOLUME

真理愛とは別のベクトルで活躍していた彼女が、
ハーディ・瞬とコンビを再結成し、
大学の文化祭イベントを受けた群青同盟のメンバーと相対する。

「今まで悔しかったんです。
あなたよりデビューが遅くて、勝負ができなかったから。
でもやっと会えました。丸末晴さん、
あなたの本気――見せてくれませんか？」

勝負は演劇。すべては舞台の上で決まる。

トップアイドルに対し、末晴と真理愛に勝機はあるのか？
真理愛を守り抜くことはできるのか？

そして勝負の行方は――？

風雲急を告げる
悩める真理愛と
最強の刺客編！

幼なじみが絶対に負けないラブコメ 6
VOLUME:SIX

近　日　発　売　予　定　！

## ◉二丸修一 著作リスト

「ギフテッドⅠ～Ⅱ」（電撃文庫）
「女の子は優しくて可愛いものだと考えていた時期が俺にもありました1～3」（同）
「幼なじみが絶対に負けないラブコメ1～5」（同）
「嘘つき探偵・椎名誠十郎」（メディアワークス文庫）

## 本書に対するご意見、ご感想をお寄せください。

ファンレターあて先
〒 102-8177　東京都千代田区富士見 2-13-3
電撃文庫編集部
「二丸修一先生」係
「しぐれうい先生」係



本書は書き下ろしです。

電撃文庫

# 幼《おさな》なじみが絶対《ぜったい》に負《ま》けないラブコメ5

二丸修一《にまるしゅういち》


◇◇◇

2020年10月10日　初版発行
2021年４月30日　４版発行

発行者　青柳昌行
発行　株式会社KADOKAWA
〒102-8177　東京都千代田区富士見2-13-3
0570-002-301（ナビダイヤル）
装丁者　荻窪裕司（META＋MANIERA）
印刷　株式会社暁印刷
製本　株式会社暁印刷





ISBN978-4-04-913371-4　C0193　Printed in Japan

電撃文庫　https://dengekibunko.jp/

# 電撃文庫創刊に際して

文庫は、我が国にとどまらず、世界の書籍の流れのなかで〝小さな巨人〟としての地位を築いてきた。古今東西の名著を、廉価で手に入りやすい形で提供してきたからこそ、人は文庫を自分の師として、また青春の想い出として、語りついできたのである。

その源を、文化的にはドイツのレクラム文庫に求めるにせよ、規模の上でイギリスのペンギンブックスに求めるにせよ、いま文庫は知識人の層の多様化に従って、ますますその意義を大きくしていると言ってよい。

文庫出版の意味するものは、激動の現代のみならず将来にわたって、大きくなることはあっても、小さくなることはないだろう。

「電撃文庫」は、そのように多様化した対象に応え、歴史に耐えうる作品を収録するのはもちろん、新しい世紀を迎えるにあたって、既成の枠をこえる新鮮で強烈なアイ・オープナーたりたい。

その特異さ故に、この存在は、かつて文庫がはじめて出版世界に登場したときと、同じ戸惑いを読書人に与えるかもしれない。

しかし、〈Changing Times,Changing Publishing〉時代は変わって、出版も変わる。時を重ねるなかで、精神の糧として、心の一隅を占めるものとして、次なる文化の担い手の若者たちに確かな評価を得られると信じて、ここに「電撃文庫」を出版する。

**1993年6月10日**
**角川歴彦**

# 電撃文庫DIGEST　10月の新刊　発売日2020年10月10日

| | |
|---|---|
| **安達としまむら9**<br>【著】入間人間　【キャラクターデザイン】のん | 安達と出会う前のしまむら、島村母と安達母、日野と永藤、しまむら妹とヤシロ、そしていつもの安達としまむら。みんなどこかで、少しずつ何かが変わっていく。そんなお話です。 |
| 新作 続・魔法科高校の劣等生<br>**メイジアン・カンパニー**<br>【著】佐島 勤　【イラスト】石田可奈 | 数多の強敵を打ち破り、波乱の高校生活に幕を下ろした達也。彼は新たな野望の実現のため動き始めていた。それは魔法師のための新組織『メイジアン・カンパニー』の設立。達也は戦い以外の方法で世界を変えようとする。 |
| **魔王学院の不適合者8**<br>～史上最強の魔王の始祖、転生して子孫たちの学校へ通う～<br>【著】秋　【イラスト】しずまよしのり | 転生の際に失われた記憶を封じた《創星エリアル》。その存在を知ったアノスだが、かの地では二千年前の魔族《魔導王》が暗躍し――？　第八章《魔王の父》編!! |
| **幼なじみが絶対に負けないラブコメ5**<br>【著】二丸修一　【イラスト】しぐれうい | 丸末晴ファンクラブ爆誕！　末晴に女子ファンが押し寄せる事態に、黒羽、白草、真理愛の３人で、まさかのヒロインズ共同戦線が成立!?　彼女たちにもファンクラブが誕生し、もはや収拾不能のヒロインレース第５弾！ |
| **アポカリプス・ウィッチ③**<br>飽食時代の【最強】たちへ<br>【著】鎌池和馬　【イラスト】Mika Pikazo | セカンドグリモノアを『脅威』の群れが覆い尽くす。その最下層には水晶像となり回復を待つ旧友ゲキハ達が取り残されているのだ。学校奪還を目指すカルタ達だが、指揮を執るキョウカの前に人間達の『黒幕』も現れ――。 |
| **オーバーライト2**<br>――クリスマス・ウォーズの炎<br>【著】池田明季哉　【イラスト】みれあ | ヨシの元にかつてのバンド仲間、ボーカルのネリナが襲来！　時を同じくして、街ではミュージシャンとグラフィティ・クルーの間に《戦争》が勃発。消されたブーディシアのグラフィティ、そしてヨシをめぐる三角関係の行方は!? |
| **女子高生同士がまた恋に落ちるかもしれない話。2**<br>【著】杜奏みなや　【イラスト】小奈きなこ | 八年越しの想いを伝え合った、わたしと佑月。友達よりも特別だけど、好きとか付き合うではない関係。よく分からないけど、ずっとこのままの２人で――と思っていたら、文化祭の出し物を巡り思いがけない事態が発生し――。 |
| **魔力を統べる、破壊の王と全能少女2**<br>～魔術を扱えないハズレ特性の俺は無刀流で無双する～<br>【著】手水鉢直樹　【イラスト】あるみっく | 成績不良を挽回するため、生徒会のミッションを受諾した無能魔術師の円四郎。全能の魔術師メリルと学園トップ層の美夜の３人で高層ビルを爆破する爆弾魔を探るが、犯人はどうやら学園の先輩、宇佐美七海のようで――!? |
| 新作 **バケモノたちが嘯く頃に**<br>～バケモノ姫の家庭教師～<br>【著】竜騎士07　【イラスト】はましま薫夫 | 名家の令嬢の家庭教師として、御首村を訪れた青年・塩沢磊一。そこで彼が目にしたものは、人間のはらわたを貪る美しき"バケモノ"、御首茉莉花の姿だった――！　竜騎士07最新作が電撃文庫から満を持して登場。 |
| 新作 **君が、仲間を殺した数**<br>―魔塔に挑む者たちの咎―<br>【著】有象利路　【イラスト】叶世べんち | 彼はその日、闇に堕ちた。仲間思いの心優しい青年は死に、ただ一人の修羅が生まれた。冒険の舞台は『魔塔』。それは命と「心」を喰らう迷宮（ダンジョン）。そこに挑んだ者たちは、永遠の罪と咎を刻まれる――。 |
| 新作 **午後九時、ベランダ越しの女神先輩は僕だけのもの**<br>【著】岩田洋季　【イラスト】みわべさくら | 夜９時、１ｍ。それが先輩との秘密の時間と距離。「どうしてキミのことが好きなんでしょうか？」ベランダ越しに甘く問いかけてくるのは、完璧美少女の氷見先輩。冴えない僕とは一生関わることのないはずだった。 |
| 新作 **ねえ、もっかい寝よ？**<br>【著】田中環状線　【イラスト】けんたうろす | クラスでは疎遠な幼なじみ。でも実は、二人は放課後添い寝する関係だった。学校で、互いの部屋で。成長した姿に戸惑いつつも二人だけの「添い寝ルール」を作って……素直になれない幼なじみたちの添い寝ラブコメ！ |
| 新作 **異世界の底辺料理人は絶頂調味料で成り上がる!**<br>～魔王攻略の鍵は人造精霊少女たちとの秘密の交わり!?～<br>【著】アサクラ ネル　【イラスト】TAKTO | オレは料理人だ。魔王を満足させる料理を作らないと殺されるハメになり、絶望しているときに出会ったのがソルティという少女。彼女の身体から「最高の塩」を採集するには、彼女を絶頂へと導くしかない……！ |
| 新作 **女子高生声優・橋本ゆすらの攻略法**<br>【著】浅月そら　【イラスト】サコ | 渋すぎる声と強面のせいで周囲から避けられている俺が、声優デビューすることに。しかも主役で、ヒロイン役は高校生声優の橋本ゆすら。高嶺の花の彼女とともに、波瀾万丈で夢のような声優人生が始まった――！ |

女子高生同士が
また恋に落ちる
かもしれない話。
杜奏みなや
Minaya Morikana
Illustration
小奈きなこ
Kinaco Cona
普通の女子高生がある日物語の主人公になる、
初恋やり直しストーリー。
八年前。ひとりぼっちで泣くわたしを助けてくれた、満月みたいな丸い瞳の、背が高くてかっこいい女の子。わたしの特別な、初恋の相手——。
わたしは、小学生のとき一緒に星を見た、あの女の子が今もまだ忘れられない。もう二度と会えない、ただの思い出……だけどある日寮を移った先の部屋で待ち受けていた女の子・佑月こそ、まさに初恋の彼女で——!? 昔とは違って、小動物みたいで背も小さくて、すこし変わり者の佑月。好きだったのは昔のこと。このドキドキは、恋じゃない……はず。
電撃文庫

どうせ終わるこの世界だから。最後の時まで二人でいたい。
Human & Android
They travel in the world that is about to end.
さいはての終末ガールズパッカー
SAIHATE NO SHUMATSU GIRLS PACKER
藻野多摩夫
[ILLUST.] みきさい
STORY
記憶を失った自動人形《オートマタ》の少女リーナ。出来損ないの人形技師でトラブルメーカーのレミ。百億歳を過ぎた太陽が燃え尽きようとする凍える世界で二人は出会った。
「ねえ、レミ。私、もうすぐ死んじゃうかもしれないんだ」
「リーナは私が直してあげるから！」
人類の文明が滅んだ世界で、頼る者もいない。それでも壊れかけた人形の死を食い止めるため、二人の少女は東の果てにあるという《楽園》を目指す。
——きっと間に合わない。でも、最後の最後までレミと一緒にいたい。
終わりゆく世界で二人の旅は続く。
を取り戻す旅に出ることを決めた——。
これは、できそこないの少女と少年が綴る、妖精を巡る冒険譚。
電撃文庫

ラブコメは異世界を救ったあとで！
～帰ってきたら、逆に魔王の娘がやってきた～
押しかけ女房――じゃなく
魔王の娘との同棲生活で、
元勇者の日常が大パニック!!
異世界で魔王を倒したあと、現代日本に戻って穏やかに暮らしていた俺。
そんなある日、魔王の一人娘、フランチェスカが向こうの世界からやってくる。
まさか、コイツと同棲するハメになるとは……なんてこった!
末羽 瑛
ill. 日向あずり
電撃文庫